停不下來的戰士
剑道

人物介紹

小音

渴望被讚許與理解的國二女生，因為從小總被爸媽數落責罵，對照哥哥姐姐總覺得自己不夠完美，對自己非常沒有信心，也不擅於表達，在學校裡也沒什麼朋友，唯一就是不想讓人看輕、欺負，因此會做出許多激動的行為。小音在九歲時被檢查出罹患過動症，但吃了兩三年的藥物卻沒有很大的改進，最近反而還出現不舒服的症狀。

路楷

夏令營的輔員哥哥，英俊陽光，活潑風趣，因為自己家中有個過動兒弟弟，所以很同情小音。路楷曾因緣際會進入了救國團的輔導課程、成為輔員，每個寒暑假都會出來帶活動，也得過不少童軍訓練與山難救助的獎章。

雪莉（小音媽媽）

長期為了孩子的教育所苦，對自己非常沒信心，也經常遭到丈夫的不諒解與責罵。雪莉以前在家裡從事手做縫紉的嗜好，卻因小音的教育問題而擱置了好幾年，

對小音也無奈又充滿怨氣。

繪詩

小音的姐姐，因為自己以前也是被爸媽「逼」出來的，國高中都拼命死讀書，個性呆板，經常畏首畏尾，常過度在意他人看法。憑著一己之力考上大學名校、擔任幹部之後才見識到自己真正的實力，慢慢轉變為自信與主動，也終於願意回過頭來省視父母的教育態度。

邱教練

小音的劍道老師，說話聲如洪鐘、神采奕奕，教學風格嚴謹分明，卻宅心仁厚，是少數賞識小音的溫暖長輩，幫助小音建立起自己的價值觀與自信心。

目次

01 菁英家族的餐敘

美好的晴空下，一輛藍色休旅車緩緩隨著車陣，駛下交流道。端午節回阿嬤家聚餐，是十三歲的小音最期待的日子。車子後座，十七歲的哥哥與二十歲的姐姐，分別戴著耳機低頭刷手機。只有小音沒有手機，總是羨慕地望著哥哥姐姐玩。

「等妳下次段考進前十名，媽媽會買一款五千元以下的手機給妳。」媽媽雪莉經常這麼說。

小音試了三年，從五年級拼到現在，都快升八年級了，別說前十名了，每次她的成績都落在中後段，知道自己能力有限，再期待手機也只是自虐，小音便安靜下來。還好姐姐繪詩疼她，每天都會借她玩一兩個小時。否則小音真覺得自己在同班同學眼中就像山頂洞人一樣，每次一出門，就無法用ＬＩＮＥ與臉書掌握同學的最新動態，連喜歡的偶像劇什麼時候播出，都要一一問同學。

「爸爸，還沒到啊？」因為沒手機打發時間，塞在車陣中的小音也焦躁起來。

「廢話，妳不要每五分鐘就問一次可以嗎？」戴著粗框黑眼鏡的爸爸，厭煩地瞪著後照鏡中的小音。

「老公，講話不要這樣。」媽媽嘆氣道。

「不是我在說，小音妳今天吃藥了嗎？」爸爸火氣也跟著上來。「不要又給我躁鬱症發作喔！」

「老公，躁鬱症那個是醫生誤診了，每年跑那麼多醫院，會被誤診也不奇怪。小音只是比較沒有耐心、容易分心而已。」媽媽低聲解說道：「所以我才不買手機給她，因為太早接觸、長時間碰這種科技產品，也會讓注意力更不集中。」

爸爸嘆了一口意思不明的長氣，繼續操縱著方向盤。小音真不喜歡爸爸每次一談到自己就唉聲嘆氣，到底是覺得她可悲？還是覺得她很煩呢？

望向車窗時，陽光灑在小音的臉蛋上，她中性的臉龐配上側分烏亮短髮，比同齡女孩子顯得英氣銳利。她手長腳長，在班上男同學中像個小巨人，過去有幾次上演全武行的紀錄，倒也因此大獲全勝。為此，小音已被訓導主任戲稱為「母老虎」，甚至下通牒，再犯就退學。之後爸媽也連日對她施壓，為了不被限制看電視與上網的時間，小音只好把憤怒往肚子吞。

「如果我功課好、要什麼有什麼，我才不會這麼容易跟同學計較。」小音始終覺得委屈，也逐漸體會到這世界終究不公平。自己得天天吃藥，一想到功課就頭痛。哥哥姐姐卻每天笑嘻嘻地度過，晚上只要認真讀個幾小時書，成績就能名列前茅。說實在的，在小音發病前，爸媽似乎一直認為孩子只要學了就會，付出努力就能考高分。而小音，彷彿就是要來打破他們這項規則的。

「即使再怎麼努力，也不會被看見。」小音總是帶著怨懟，表情當然不怎麼好，跟爸媽說話時也越來越不耐煩。

一想到暑假快到了，每天跟爸媽相處的時間變長，摩擦也就會越頻繁，光想到這裡，小音就憂鬱極了，望著車窗外的鄉間風光發呆。五歲前的小音和阿嬤住在鄉下，她還記得，自己很喜歡阿嬤，阿嬤總帶著她在田間穿梭工作，假日去溪畔釣魚，晚間會帶著肉湯去餵附近的流浪貓狗。當時的爸媽都是週末來接她，偶爾在平日晚間，媽媽上完城市裡的班，也會穿著高跟鞋與套裝來看她，那時的媽媽漂亮又自信，對小音也十分寵愛。

直到上了雙語幼稚園，小音跟不上英文課程，還很容易和同學起衝突，爸爸就怪罪這一切都是媽媽把她丟給阿嬤帶的關係。時間久了，媽媽怕沒時間陪伴小音，便脫去套裝、抹去妝容成了家庭主婦，天天都和小音膩在一起。然而，小音發現，

自己越來越常見到媽媽生氣挫折的臉孔，她從那時開始知道，原來都是自己害的，都是自己不夠好。不過，小音也無能為力。一直到現在，都要升國二了，爸媽還在爭論該把小音送去國外念書，還是送進私立寄宿學校，還是毫不給她壓力，讓她每天混日子就好。

熟悉的風光越來越近，翠綠的樹影，讓小音緊繃又疲憊的心情逐漸放鬆。

「網路訊號開始斷斷續續了啦！阿嬤家就是收訊差，所以我才討厭回來！」哥哥煩躁地刷著手機。讀明星高中的哥哥邵翰氣質姣好，但是一向有話直說，頂著粗框眼鏡，長了幾顆青春痘。不過，同樣的話從小音口中說出，可就天下大亂了。

姐姐好聲好氣地勸他道：「看看綠色啊！多漂亮啊！回城市就看不到了喔！」

「我們家外面都會公園就有，怎麼會看不到？我只有週末能好好上網，平常念書已經夠累了，想up data一下班上正妹的近況都不行！」哥哥持續抱怨道。

「好了，繪詩、邵翰，我明白妳們平常讀書很累，假日想有自己的時間，但阿嬤是很期待見到你們的。」媽媽柔聲安撫道。

「阿嬤就不期待見到我喔？」小音聽了不是滋味。「反正我不稀奇啦！從小她

看我看長大的，哥哥姐姐只有過年過節才看得到，既會念書又有才華，也比較能跟人炫耀！」

「阿嬤並沒有這樣說呀！」媽媽深呼吸，以免自己又氣火攻心。

「明明就有，上次她看到哥哥姐姐可激動了……」小音想證明自己是對的，語調高昂了起來。「外面的鄰居也都知道哥哥姐姐是讀哪間學校、最近又得了什麼獎，只有我是個上不了檯面的孩子。」

媽媽才剛要辯解，爸爸則不耐煩地重重拍了一下方向盤。「小音，妳如果有這種自知之明，怎麼還不好好念書？在這裡自怨自艾有什麼用？哥哥姐姐比妳優秀難道不是事實嗎？還是妳見不得別人好？小小年紀說這種話，真是無可救藥！」

「唉……吵死了！」哥哥邵翰翻著白眼，戴起耳機，躲回搖滾的世界。他知道，接下來姐姐和媽媽一定又要忙著安撫小音，而小音也一定會回嘴。

媽媽與姐姐在一旁好言相勸，小音的心情卻仍然相當沉重。其實她方才只是想趕快見到阿嬤，沒想到話一說出口，怎麼全變了樣？不小心瞥見駕駛座旁的後照鏡，小音覺得自己此刻在鏡中皺眉瞪人的模樣，實在好可怕。

「不要講了啦！我知道啦！」小音感覺注意力從窗景飄回車內，又從車內飄出窗外，她浮躁地扭動身體，覺得腰酸背痛，好想跳車算了！

終於抵達阿嬤家的三合院，曬穀場上的竹盤內放著菜乾，阿嬤熱情地擁抱哥哥姐姐與小音。

「唉呀！終於來了，我做好的菜已經熱兩次啦！」雖身上穿著藍布衫，阿嬤的頭髮卻是時髦的黑色極短髮，化了妝的神態也顯得光彩照人，微微臃腫的葫蘆形身材，讓孫子們抱起來舒適極了。

「小音，最近功課怎麼樣？有沒有進步呀？好像又長高了喔！萬一不會念書，以後去打女籃一定嚇嚇叫！」幽默的阿嬤隨口問候，讓小音乾笑了兩聲。

「有啦！小音最近進步很多。」剛坐上餐桌，媽媽就忙著打圓場。「英文越來越像樣，數學也開始及格了。」

雖然很想和阿嬤聊聊別的，但阿嬤不是開口評斷孫輩的高矮胖瘦，就是在詢問課業表現，難道真的沒什麼能講了嗎？小音感到很無力。

「阿嬤明明知道我表現最差了，卻每次都要這樣問。」方才媽媽提到數學及格

時，桌邊的哥哥輕聲一笑，聽在數學滿分、科展冠軍的哥哥耳中，自己勉強努力考到及格，不過是笑話一場而已。

「哥哥是在看手機上的訊息才笑，不是在笑妳。」雖然姐姐立刻察覺小音的神情補上這句，但聽到這種澄清，反而讓小音覺得特別刺耳。

「妳不要管我了啦！」

勉強開始吃飯，小音發覺自己很想念阿嬤的好手藝，無論是芬芳暖胃的梅干扣肉、鮮甜的蝦仁炒蛋，還是美味的土窯雞，都能讓小音忘記壞心情，胃口大開。

「那詩詩、翰翰最近念得怎麼樣？」阿嬤又把話題帶到孫輩的學業上。

「老樣子啦！阿嬤。」哥哥嘆了口氣。

「明年就要考大學了，台大有沒有希望？」阿嬤瞇眼問道。「不然就跟你姐姐一樣讀政大，也很好！」

「嗯！有啦！」哥哥無力地扒著飯。

媽媽瞧著小音的眼色，暗示阿嬤不要再把話題拉回來。「媽，別一直問，孩子會覺得有壓力啦！」

「怎麼會有壓力！詩詩和翰翰那麼會讀書，我只是問一下，哪有他們天天辛苦念書來得有壓力？來，這個皇帝魚很補腦，多吃點喔！」阿嬤較為遲鈍，媽媽只好改問她種菜一事，阿嬤忙著解說，這才放過哥哥姐姐。

小音注意到，哥哥姐姐也不太喜歡老是被追問課業。即使他們一個念明星高中、一個讀明星大學，無論阿嬤怎麼問總是有好消息，卻也不喜歡在假日時光想起那些課業問題。其實小音也知道哥哥和姐姐並非平白無故擁有好成績，平日他們的確都在念書，只是哥哥姐姐付出的辛苦，永遠不及她。

小音的學習狀況，就像鴨子划水，非常努力卻也只能勉強前進了一些，要是不繼續加把勁，就會往後退。不像哥哥姐姐，記憶力、專注力都很好，進房間沒幾個小時就帶著輕鬆的神情去洗澡、看電視。而小音呢？往往窩在自己的書桌前痛苦不堪，一整晚作業卻沒作幾題。

「唉！她又沒聽到了。真的很容易分心。小音！」爸爸的急促呼喚，讓小音回過神。

「我沒有分心好嗎？我只是在想事情！」小音不開心地瞪著爸爸。

「那阿嬤問妳話，怎麼不馬上回答呢？她問妳什麼？妳說啊！」

「老公……別這樣。」媽媽急得撫了撫爸爸的手，但爸爸眼中仍冒出怒火，咄咄逼人。

「妳不要攔我，這孩子就是嘴硬。」爸爸推開媽媽的手，繼續望著小音。

「來，妳講啊！妳不是沒分心？不是有聽到阿嬤問妳什麼？那回答啊！」

小音緊握拳頭，快速起身離開飯桌。其實，從數學成績一落千丈以來，爸爸就經常找她碴，小音在家裡已經不願與爸爸同桌吃飯，誰願意一個皺眉瞪眼的長輩對著自己痛罵呢？要不是看在阿嬤面子上，小音還真不想和爸爸同桌。這下逮到機會，她賭氣地走出飯廳，去客廳轉開電視。說真的，阿嬤問自己什麼，小音的確是沒聽清楚，但她討厭爸爸什麼都要爭到贏、什麼都愛跟她計較。

飯廳內，傳來阿嬤對爸爸好言相勸的聲音。

「阿齊，你也知道小音這個孩子比較容易分心，沒聽到就再多講一次就好，何必跟她認真呢？」阿嬤溫柔的言語，聽在小音耳中，只是更顯得自己幼稚又不堪。

以往她賭氣離席，還會有媽媽或姐姐來安撫她、勸她回去。但今天怎麼沒有了呢?望向哥哥與姐姐乖巧地替阿嬤夾菜，閒話家常的模樣，讓小音感覺更心酸了。

「要是我沒有出生，爸爸、媽媽，再加上這麼優秀的哥哥姐姐，一定會是笑口常開的一家人吧？」

小音想著想著，紅了眼眶。她羨慕起死黨亞碧，亞碧和她都是成績中後段一族，她父母是開油漆行的，從不過問她功課。而亞碧的哥哥姐姐都已經成家立業了，到了假日一家人常到處吃香喝辣，別說智慧型手機了，亞碧還有一台新款的蘋果平板呢！反觀自己，被囚禁在家這個牢籠裡，上頭有兩位永遠也比不過的菁英兄姐，還有總是對自己不滿意的爸媽，又怎麼快樂得起來呢？

「你們總是嫌我不夠好，我卻沒從嫌你們比不上亞碧的家人啊！」才這麼想著，小音臉側飄來陣陣竹筒飯的清香。

原來，是姐姐繪詩把食物裝盤，拿到她身邊來了。

「小音，別氣了，不要跟爸爸計較，爸爸最近工作也不順。」

「他是最近才不順，我是一直都不順，誰在跟誰計較了？」小音瞪了姐姐一眼，卻不爭氣地被菜餚的香氣吸引，埋頭吃了起來。

說起這個姐姐繪詩，還是對她不錯的。不過，小音覺得繪詩兩年前上大學之後就變了許多。大概是因為燙起鬆軟的捲瀏海、配上內彎髮尾，又戴起棕色隱形眼鏡，像日本新生代女星一樣漂亮脫俗，以往戴著眼鏡的畏縮神情也早已消逝了。兩年前，繪詩還只是個綁著沉重馬尾的高中女生，外出與人交談總是畏首畏尾、眼神閃爍，每天背著比磚頭還重的書包到處補習，假日還要學習各種才藝，為了成績愁眉苦臉。一想到自己將來也要經過這些關卡，才能蛻變為姐姐這種迷人的女性，小音只覺得眼前一黑。

看著妹妹已經放心地吃起午飯，繪詩坐在一旁柔柔地微笑。

「阿嬤剛剛是問我們，暑假有沒有什麼特別的計畫。你哥哥應該還是一樣每天到補習班吹冷氣，但七月底要跟同學去墾丁玩水。我要先留在學校參加兩週的營隊才回家，暑假會去補托福，之後要去美國遊學……那，小音呢？有什麼特別想做的事情嗎？說給姐姐聽好不好？」

小音知道姐姐擔心她，先說自己的事情再反問她，降低她的戒心。雖然覺得姐姐也頗具心機，但小音卻也挺享受姐姐的關心。

「我想做的事情，跟妳和哥哥比起來實在蠢太多了，所幸不說了。」她酸言酸語地回答：「以免到時候妳又去跟爸媽打小報告！」

抬頭望見姐姐震驚的神情，小音馬上開始後悔了。她不禁想著，自己到底有什麼毛病，難道不能好好說話嗎？接下來無論姐姐怎麼罵她，自己也只能認了。不料姐姐卻沒有多說什麼，只是望向電視，彷彿小音剛才的那番話，她從沒聽進心坎裡。

「對不起……姐姐，關於暑假……我只是不想再待在家裡，其餘的事我沒有什麼想法。」

「沒關係。」雖然說著沒關係，繪詩倒也沒有瞧小音一眼，或許還在生悶氣吧！

小音默默從包包拿出飯後要吃的幾顆藥丸，吞了下去。

每當做出這個動作，小音總是想起自己主治醫生的神情。他信誓旦旦地說這些新藥能幫小音控制脾氣、讓學習效率更好，但她怎麼會一點感覺也沒有呢？想了又想，小音緩緩說出自己暑假的新計畫。

「姐姐，我暑假要先試試看兩週不吃藥，看看藥是不是真的這麼神。」小音挫敗地說：「我想，我所需要的，一定不只是藥而已。其實，我吃藥的這段時間，頭痛、失眠都越來越嚴重，白天也提不起勁，中午根本沒食慾。」

「竟然這麼嚴重……」繪詩愣住了，轉過頭定睛瞧著小音，她知道妹妹是認真的。

「其實，我也早這麼想了……只是怕說了妳會難過才沒說。」繪詩撫著小音的背。「我那天看了一些書，其實，愛因斯坦和愛迪生，小時候都跟我妹妹有一模一樣的狀況，我就在想，他們又沒吃藥，照樣能活出自己，為什麼我妹妹就不行呢？」

小音沒想到，數學常常不及格的自己，竟被拿來跟這些科學家比較，一時間還真分不清楚姐姐是否在開玩笑。但繪詩的雙眸，清澈無比。小音已經很久沒被這樣的眼神注視過了。

「或許，暑假也不壞，至少在外地念大學的姐姐能回到我身邊。」

這一刻，小音打從心底舒坦了些。

02 山野夏令營

今天是小音「不吃藥」的第七天，她感覺精神比以往好，早上完全不賴床，就算是暑假也能比哥哥姐姐早起。

「難得有一項事情能贏過哥哥姐姐……」邊自嘲著，小音在早上七點半起床，恰巧遇到即將去上班、一臉緊繃的爸爸。

「爸爸早。」

「嗯！早。」

「你看，我這麼早起來耶！比哥哥姐姐還早！」小音滿面笑容。

不料，爸爸卻重重把公事包摔在鞋櫃上。「妳想什麼時候起來就什麼時候起來啊！這樣也要我誇獎？去，讓開，爸爸要穿鞋子了，沒看爸爸來不及了嗎？」

被這麼一罵，小音的臉色垮了下來，一早就被潑冷水，還真不順。

「我恨你！我不要跟你講話了！」她對爸爸吼完，摔門回自己房間。

「這個小瘋子……」爸爸滿面怒容地搖搖頭，氣沖沖地出門上班了。小音家的房子屬於中上價位的公寓大廈，因為他們家太常吵鬧，多次被管理員提醒之後，才花了八萬元加裝超強隔音門。

媽媽雪莉聽到父女倆的聲音，匆匆走出廚房查看。

「唉！又吵架……還好隔音門已經裝好，不會再影響到鄰居。」雪莉其實也對老公的壞脾氣很憂心，畢竟他是園區的精英工程師，時常飛歐洲出差，睡眠品質長期不好。老公很愛面子，希望家裡的每個孩子都達到自己要求，求好心切的結果讓他整天緊繃。

「小音，來，別跟爸爸計較，他今天要開季末財報會議，壓力特別大。早餐要吃什麼？媽媽做了鬆餅，但如果妳想吃海鮮稀飯，冰箱裡也有喔！」

被雪莉溫柔安撫之後，小音才緩緩從自己的房間走出來。

「乖，早起的鳥兒有蟲吃，妳比哥哥姐姐都早起，真的好勤勞喔！我給妳最大片的鬆餅，榛果巧克力醬剩一點點了，只有妳有得吃，哥哥姐姐都是吃蜂蜜醬。」

小音這才終於笑了。其實，她心底也知道媽媽很疼她，平常也花最多時間在她身上，生了小音之後，女強人的媽媽才離開職場，每天都陪在她身邊。

小音吃飯時，姐姐繪詩早已梳化完畢，換了洋裝走出來。

「姐姐沒在學校，還這麼愛漂亮。」小音笑道。

「還不是今天要陪妳出門嘛！」

雖是被吵架聲驚醒，但繪詩一句抱怨也沒有。看到妹妹已經展開笑顏，她也放心了。

媽媽雪莉感到一陣放鬆，暑假有這個大女兒在，小音多了個人哄，真的很好。今天繪詩要送小音去參觀救國團的服務中心，讓她知道這個暑假除了念書之外，也有很多事情可以做。

「聽說『山野樂蹤』的第一團是今天開始，我們直接去看看吧！」繪詩騎著機車載小音前往附近的大學草坪，翠綠色的景色映入眼簾，場地上有許多學員分組在學搭帳篷，熱鬧又有趣。

姐妹倆都穿著牛仔短褲配碎花平底鞋，因為繪詩早已知道今天會在草地活動。繪詩認為小音的體育細胞不差，手長腳長，帶她到戶外比逼她進教室輕鬆，姐妹倆的壓力也因為這個開放式空間而減輕許多。

只是從剛才開始，小音好像聽不見繪詩的話似的，淨顧著自己往前走。

「小音，我們今天是來參觀的，先去跟老師打聲招呼，不要自己走到會場裡喔！」

繪詩才這麼提醒著，就看到小音眼睛盯著一個陽光帥氣的輔導員，雙腿也直朝會場裡面走。

「小妹妹，請問有什麼事嗎？我們在進行學員訓練，可以先離開場區嗎？」輔導員模樣不出二十五歲，濃眉大眼配上禮貌的微笑，反而讓小音害羞地說不出話來，這時，小音才終於看向後頭的繪詩求救。

「不好意思，我是今天有預約要來參觀的張小姐，這是我妹妹，如果她願意的話，就會幫她報名兩週後的同樣行程……」邊將髮絲撥到耳後，繪詩朝陽光輔導員點了點頭。

「哦！有的，召集人有跟我說這件事，但因為我們現在正在進行教學，請妳們先在場邊慢慢看，有什麼問題，等有空檔我再來解答喔！」沒時間說太多，輔導員禮貌一笑，便忙著回頭協助其他學員搭帳篷。

學員大多是國中生居多，也有幾個國小生，繪詩心想，讓小音之後也來上這種夏令營，她應該不至於不自在。

姐妹倆看向陽光輔導員胸前，有枚作成可愛小馬模樣的紙名牌，上頭寫著他的名字「路楷」。

拿著大聲公的路楷，在場上示範帳篷的搭法，其他幾位輔導員也都手拿繩結，走向各小隊教導學員。

「小音，妳對這樣的內容有興趣嗎？」繪詩把從網路上列印出來的夏令營課程表遞給小音，因為知道事先逼小音看只是徒增壓力，不如等到她感興趣時再順勢拿出。

果真小音意猶未盡地對著課表閱讀，眼睛都亮了。

「哇！還有野外騎馬課程、溯溪……很好玩的樣子啊！真的可以幫我報名這些嗎？」夏令營滿滿七天的充實行程，讓小音眼睛都亮了。

「是啊！現在報名還有缺額，下個月初就能去上課了。」繪詩沒告訴妹妹，其實她早已把訂金交了，要是現在才作最終決定，恐怕就來不及了。

望著草地上，輔導員與學員熱情互動、忙著競賽的模樣，繪詩回想起自己的念書過程中充滿壓力、爸媽總是拿成績要求她，穿的用的一向無法自己作主。念到高

中時，衣櫃裡九成衣服都是媽媽選購、書架上的書也鮮少有透過自己意願買的。原本畏縮文靜、不擅於表達意見的繪詩，自從大一接觸到兩三個校內營隊，自己也擔任輔導員之後，深深體會到這種團體活動所能獲得的收穫，遠比悶在家裡死背書好太多了。

也是因為與個性開朗獨立的學長姐相處，繪詩這兩年來變得更有自信，也懂得在家中提出自己的想法。讓小音試著參與暑期戶外活動，就是她努力跟爸媽爭取的結果。

順利替小音報名之後，姐妹倆都引頸期盼著去夏令營的日子。其實，以前小音也參加過救國團辦的夏日課程，但都是坐在陌生國小的教室中好幾小時。縱使教學內容有捏陶土、紙黏土、繪圖，小音每次幾乎都無法好好完成作品，兩三小時之後挫敗地回家，還常常將自己醜陋又不用心的作品直接丟進校園的垃圾子母車。

「算了，如果去學東西反而給妳這麼多挫折，可能就不適合妳吧！」媽媽也順著小音的意思，連續兩三年都讓她在家裡吹冷氣度過。

但今年，小音特別期待這次的夏日課程，不用每隔一週就回診作過動諮商，更

不用看爸爸的臉色，她當然很期待去外頭透透氣。

終於，等到上課的日子。接駁車開到附近的購物中心，繪詩與提著小小行李箱的小音話別。

「小妹，參加營隊就放輕鬆，做不好就學，沒有人會笑妳，不過，一定要對老師、輔導員和隊友有禮貌，『請、謝謝、對不起』該說時就要說，這是做人的基本道理。」繪詩耳提面命，自己都覺得囉唆，但小音這次反常地沒翻白眼，而是認真地點點頭。

「姐姐，謝謝妳喔！」小音望著繪詩的眼睛淺笑，道別前說的這句話，讓繪詩既意外又感動。

或許，這個妹妹真的有那麼點不同，

就像馬兒一樣，只要給予一點信任，她就會用更多的善意回報你。

望著小音踏上接駁車後與熱情的營隊女輔導員寒暄的模樣，繪詩鬆了口氣。

※※

小音十分期待這次夏令營，一來到這個營隊，接駁車上彼此陌生的學員也在輔導員帶動的記名遊戲中熟絡起來。

小音的這一小隊被帶到附近的大學草坪樹蔭下，大家圍成一個圈圈，記名遊戲在輔導員們帶頭拍手的節拍中展開。

「我是脆笛酥。」依照順時針，女輔導員姐姐親切地說出自己的名字，其他學員在節奏中複述，大夥兒循著口令一一視線相交，笑容滿面。

「你好你好、脆笛酥！」

「我是小音。」

「你好你好、小音！」眾人也回應道。

玩了幾個回合下來，小音發現這裡的學員們比學校同學都要友善多了！或許是因為輔導員的年紀與自家姐姐相仿，她們又總是笑容可掬，營造出熱情洋溢的氣氛，幾個比較文靜的隊友們也開始與小音私下聊起天來。

小音很快就交到了朋友。

「在這裡，沒有人會唸我，也沒有考得比我好的同學用歧視的眼光看我，更沒有人知道我常常被叫去訓導處訓話……我一定要好好表現！」小音湧起一股熱血，雖然輔導員們接下來教導的繩結課程，讓她一度有些跟不上，但小音仍滿頭大汗地埋首苦練，終於把該學會的八種活用繩結都背了起來。

「哇！好棒呀！小音已經全部學會了欸！我們這隊要靠她啦！」輔導員姐姐溫暖甜蜜的高聲誇獎，讓小音感到不可思議。

「竟然沒有被罵、被嫌棄……原來我真的沒有那麼差嘛！」她更努力地跟上稍後的帳棚課程。

小音這隊的輔導員正是先前見過的路楷，無論是輔導員夥伴的一句玩笑話，或學員們的趣味提問，都讓路楷笑得燦爛，彷彿世界上的一點小事都能讓他打從心底開心。

下午的營帳課是由笑起來會露出一口白牙、五官黝黑俊美有著原住民血統的路楷，負責訓練全營的五十位學員。

雖然幾週前就看過路楷在草坪上講授帳篷課的英姿，但小音今天才終於徹底體會到路楷的幽默魅力。

「這時候就要打這種結，否則半夜風一刮，妳就不是睡在帳篷裡，而是睡在熱氣球裡飛上天了！」

「哈哈哈哈——」學員總是被路楷清楚又有趣的口條逗得哈哈大笑，小音也因此更投入課程。

「千萬不能在路楷哥哥面前出糗啊！」小音手腦並用，拿出營隊發的小筆記本，又寫又畫，努力將帳篷搭建的各種細節背下來。

稍後，長相較為老成的執行長哥哥拿起麥克風，宣布之後的行程。

「好，各小隊請自主練習二十分鐘，這期間路楷哥哥與各位輔導員會下去幫各位親手搭出你人生中的第一頂帳篷！一定要用心學，等等半小時後有帳篷比賽，贏的小隊今晚加菜喔！」

「我要加菜！」隊上年紀只有十一歲的男隊員小皮，率先從小音腳邊搶過帳篷一角。

小皮記憶力頗好，方才完全沒寫筆記的他，竟輕輕鬆鬆就找出帳篷的四個角，其他隊友也分別固定帳腳，一瞬間，小音就被擠到隊伍後方，只能乾瞪眼。

「可惡！為何不讓我弄！」小音咬牙切齒，但沒有人發現她在生悶氣。

好不容易等到正式比賽，小音找到一個需要打繩結的地方，又擠了上去。

「這個我會！」她先是打了幾個結，卻發現結的樣式跟方才路楷介紹過的不一樣……

「咦！奇怪……」雖然是方才複習過的內容，繩與繩之間的空隙卻顯得過大，一時間，小音慌了手腳。

「沒時間了啦！我來，這邊要這樣弄！」小皮搶在猶豫不決的小音面前，替她完成繩結。

「喔喔！我知道要這樣弄啊！只是一時想不起來而已！」小音辯道，但隊員們都忙著完成檢查，沒有人特地搭理她。

「我們好了！第三小隊好了！」小皮帶著大夥兒喊起第三小隊的隊呼，吸引了全場羨慕的目光。

「哇！看來第三小隊今晚要加菜囉！其他小隊也不要氣餒，輔導員們現在就過去檢查，如果第三小隊有做錯的地方，加菜的就有可能是你們啦！」執行長哥哥熱情歡呼著，其他輔導員則謹慎地低頭檢查帳篷裡裡外外。

「很好欸！這個結還重複打了三次，很棒，更穩固了。」路楷指著營帳底部的固定結。「這是誰做的？」

「是小皮！」隊友們替小皮開心著，這時，小音才意識到，自己竟然一直花時間在發脾氣，明明身旁的大家都這麼愉快地合作著，她到底在生什麼氣呢？平常，只要一生氣，一大聲，班上同學、班導和爸媽都會急著回應她，有時是跟她吵架，有時則是安撫她。但在營隊裡，自己的負面情緒卻沒人在乎。

雖然失落，但小音卻發現這樣也不壞。

回神過來時，小音已經跟著隊友們一起喊隊呼，享受勝利的快樂。她笑得臉頰痠疼，完全不明白自己方才是在氣什麼。

「沒關係，我已經很努力了，沒小皮那麼能幹也沒辦法，我也盡力幫忙了，這樣就可以了！」小音沉住氣，對自己喊話。

「還好沒有人發現我在生氣，不然大家一定覺得我脾氣差、又沒有耐心……」

大家整個下午都在專心學習，所以上了接駁車便昏睡成一團，只有小音沒睡著。她望著窗外綠意盎然的景色，雖然飢腸轆轆，但心底卻覺得很踏實。

或許是旅行帶來的沉澱。這是小音有史以來，第一次有跟自己對話的感覺。

「我沒有那麼好，但，也沒有這麼差。我應該要學習怎麼跟大家合作完成一件事，發脾氣和找人辯論真的沒有用，完全不能解決問題。」

因為不是被姐姐、媽媽與班導糾正，而是靠自己得出的答案，小音的心情既激動，又有一種炙熱的踏實感。但同時，她的壓力也大了起來，畢竟，隱藏自己的挫敗與負面情緒，一直都不是她的強項。

「小音剛剛表現得很棒喔！默默幫大家做了很多，我都有看到喔！」回程時，輔導員姐姐脆笛酥，輕輕拍了拍她的肩。路楷也蹲到她座位旁，笑著點頭表示認同。

小音感覺暖洋洋的，好舒服，害羞地搖了搖頭。

「我……我會更努力的！」

「哈哈！好，可是也要放輕鬆，來營隊好玩就好囉！不要想太多了！」似乎開始意識到小音是個早熟的孩子，路楷對她露出微笑。

03 互助茶會

「不知道女兒在夏令營一切都好嗎？等等就要吃晚餐了吧？晚點要打個電話給她比較好……」雪莉一面掛念著女兒，一面掏出包包中的手機。「哇！這麼晚啦！每次去文文媽家都遲到，真是不好意思。」

文文媽，顧名思義就是文文的媽媽，而雪莉在這群家庭主婦中的名字便是「小音媽」，當了母親之後若是出來交際，陌生人懶得同時記住母子、母女的名字，便會以這種方式稱呼。至於每位母親的真名是什麼，往往也沒有人在意了。

三年前，雪莉跟文文媽透過醫院的過動兒父母互助工作坊認識，每個月一次的聚會。其他過動兒的爸媽，如小強爸、家豪媽也會出席，大家多半聚在一起聊聊子女的情況，分享行為療法與有用的教育方式，但這群爸媽最常做的事還是相互訴苦、取暖。

畢竟在這個望子成龍、望女成鳳的高壓都會生活中，大家都在強調自家寶貝學了多少才藝、考了多少分、參加了什麼比賽、有多麼優秀，而過動兒的父母無論在教育還是生活上都有許多無奈之處，自然會需要情緒發洩的出口。

雪莉走過大樓中庭，已經不是第一次來文文媽的家，卻老是在這複雜的大廈中

迷路，這才找到對的門牌按鈴。

「小音媽來了！」裡頭傳來文文媽的招呼聲。

「哈囉！」鋪著米色地磚的溫暖客廳裡聚集著一群家長，大家都熱情地對雪莉打招呼。

「抱歉，我又遲到了。妳們還沒開動吧？」

「等妳呢！」文文媽替雪莉開門，滿面笑容指著一桌好菜。

每個月的聚會，各方家長多半會帶一樣鹹食料理，被分配到帶甜食的則也往往會準備飲料，家長們吃吃喝喝，雖然盡可能地讓自己放鬆，也會問候彼此近況，但最後話題繞來繞去，仍不脫孩子的狀況。

「唉！我家小強，昨天被退學啦！這也正好，我要給他換到森林小學去，雖然學費高了點，但我拼一點還是會有辦法的。」小強爸率先開啟孩子的話題。

雖然每天在家裡已經與親友、配偶談過一樣的事了，但換了個環境，互助會散發出的頻率較為令人安穩，家長們往往還是很樂意分享自家孩子遇到的狀況。

「聽說那種戶外教學比較紓壓，讓孩子在玩樂中學習也很好，要不是離我們家有兩小時車程，我也有意願送小音去那樣的學校呢！」雪莉說。

「但我太太嫌學費太高。」小強爸嘆氣道：「畢竟小強先前不管去學什麼全都一敗塗地，只會整天打電玩，不讓他練等打怪，就摔課本……」

「打電玩對過動兒很不好，一般人使用3C產品或長期玩電玩太久都容易注意力不集中了……」文文媽搖搖頭。「還是快把你家小強送去森林小學吧！當作讓他有機會體驗真實的世界也很好。」

「太好了，跟各位聊一聊，我又有新的說法可以說服我太太了！」小強爸開心地挾了一大把菜。

「其實，讓孩子去戶外走走真的不錯呀！我大女兒最近就讓小音報名夏令營，裡頭有爬樹騎馬的課程，比之前逼小音乖乖坐在密閉教室學才藝來得有趣。其實啊！她對什麼感興趣都好……我只是希望她快樂。」雪莉抿唇苦笑道：「就算她回來說自己想開始學騎馬，我都有覺悟花錢讓她去學！」

「唉呀！我們家經濟可沒妳們這麼寬裕，還是只能作些普通的窮人活動而已。」文文媽笑道。

雪莉點點頭，沒回應什麼。

一開始，文文媽和她都是過動兒父母團體中的少數，畢竟過動兒女孩的數量一直都比男孩少許多，而文文的過動症狀也不如小音這麼激烈。相對脾氣較為暴躁的小音而言，文文非常安靜，在學校人緣也不錯，從沒和同學起過肢體衝突，甚至也不會頂撞爸媽，醫生花了很長一段時間才診斷出她有過動症狀。

遇到挫折時，文文不會像小音一樣吵鬧或爭辯，而是會靜靜地躲回房間流眼淚，最劇烈的狀況，大概就是邊哭邊用尺撕掉自己的作業紙頁而已，比起小音會像男孩子一樣摔書摔筷子，好得太多。

一開始聽到文文媽說到這樣的狀況時，雪莉心底其實很羨慕，也說了許多稱讚與欣羨文文媽的話語，文文媽也因此感覺良好了起來，之後，雙方竟然有意無意地有了比較之心。

為了避免衝突，文文媽發言時，雪莉也往往很少接腔，以免自己說錯話。

一旁戴著眼鏡、年紀稍長的家豪媽緩緩舉起手，她生家豪時已經是高齡產婦，家豪前面也有好幾個成績很好的堂哥堂姐，經常被拿來比較。

「我們的家豪呀！兩個月前倒是願意去學新才藝了，目前在練劍道。」

「哇！劍道！好酷啊！」眾家長眼睛都亮了。

「劍道在日本是很適合提昇專注力的傳統體育活動。畢竟上了賽場，就要全神貫注，否則很容易被對手直接攻擊的，男孩子自尊心強，怎麼會不好好練？雖然之後要自己買護具得花一筆錢，但家豪現在練出心得了，每次都很期待去練習，連不相關的英文補習老師，也說他背單字的成績進步很多。」一向說話畏縮的家豪媽，今天談到兒子的進步，連語氣都自信起來，神情也十分篤定，大家都替家豪媽開心。

「運動真的能提昇孩子的專注力欸！劍道這種特殊一對一的運動，也很適合那些不擅長球類、不擅長團體運動的孩子！」小強爸說。

「是啊！在場上用竹劍打來打去或許很可怕，但孩子們都有穿專業的護具，對手也有經過訓練才上場，頂多有些小瘀血，不礙事的。以前家豪跟我很少話聊，現在回家看到我就滿口劍道經，上週居然會去圖書館租宮本武藏的中文小說回來看，我真是感動啊！家豪竟然願意坐下來看這種字很多的書！唉！」說到激動處，家豪媽摘下眼鏡擦去喜悅的眼淚，雪莉也熱情地摟摟她的肩。

「太好了，天底下這麼多興趣，一定有適合孩子的，妳們家總算找到了！」小強爸感嘆地笑道。

雪莉也對家豪媽說：「我真羨慕妳。希望小音也能像家豪這樣早日找到自己的興趣呀！」

一旁的文文媽忽然起身，唐突地收拾餐桌上的殘餚與碗盤。大夥兒雖然有些驚訝，但也紛紛使眼色打住話題，畢竟時間也不早了，作為這次提供場地的文文媽，的確該留點時間給她收拾。

「不要耽誤到文文媽的休息時間，我們來幫忙吧！」雪莉對另兩位家長說著，文文媽則笑著擺了擺手。

「不用、不用，妳們聊，我只是要清個空位。等等還有水果和甜點要上呢！」

文文媽笑起來的臉部線條有些僵，大夥兒也不知道該不該接受她的好意，就也先湊合著幫忙收拾碗盤，一起邊聊邊切水果。

因為是週末晚上，文文爸帶文文去欣賞音樂會，本來就不會撞見他們，互相保留彼此的空間，照理來說也不需要太急著解散。雪莉心想，文文媽大概是把家豪媽方才的言論當作炫耀，才故意用收碗盤的行為打斷他們談話。

「也真是太沒風度了，就這麼見不得別人好嗎？大家都希望彼此的孩子進步，才會聚在這裡分享呀！」雪莉悶悶地想，低頭發現手機傳來振動。

大女兒繪詩捎來簡訊，寫道：「小音剛剛打電話給我報平安囉！一切順利，她玩得很開心，只是營隊有宵禁時間，九點半就要熄燈了，所以就不再打給妳了。」

「太好了。」雪莉心中總算放下一塊大石頭。平常在學校偶爾會惹事的小音，的確讓人一度懷疑，是否不夠會處理人際關係。

「怎麼了？」一旁的小強爸關心地問。雪莉便把事情告訴他。

「唉！小音還算乖啦！我想八成是學校的同學先來招惹她，老師也待她不公才會這樣。像我們家小強反應更激進，之前被老師誣衊偷竊，他心有不甘，就用美工刀刮黑板，結果反被學校說是毀損公務，我老是跟他說冤冤相報何時了，但他就是聽不懂……」

小強爸低垂著頭，面有愧色地說：「我想……是因為我跟小強媽媽也老是為了

他的教育問題吵架，她總是逮到機會就想證明我是錯的，而我也努力想證明我是對的……雖然我們都知道不該這樣，但小強的一舉一動反而變成了我們辯論和歸咎的依據，嘴上不說，我想小強都感受得到的。」

「以前我和家豪爸也有類似的狀況，我想，齊家治國平天下，家永遠是最重要的。」家豪媽媽也認同地點點頭。

「唉！我反倒羨慕妳們的配偶都願意管事，我家的老公只會發脾氣，對小音的態度很差，對學業較好的哥哥姐姐就寬容平靜。我家老公真的很勢利，我和小音常因為他這種現實的表現很氣餒，家裡也常吵架。」雪莉想到自家的狀況，雖跟小強爸、家豪媽不太一樣，但家裡常有爭吵的孩子，在外頭又怎麼能自然學會正常地交友呢？

一旁的文文媽只是靜靜地聽著，又開始忙著收拾甜點餐盤，大夥兒看看時間真的不早，便客氣地告辭。

雪莉上了前幾年買的二手車，在喜歡的樂曲聲陪伴中，邊唱歌便慢慢開回家，雖然外頭下著小雨，但也絲毫不減她的好心情。

其實，她偶爾也會懷念這種獨自外出的快樂時刻。跟可以信任的朋友談談孩子與老公，自己也會變得比較輕鬆。不管是分享好事還是壞事，雪莉一向在互助會不騙不瞞。

「文文媽就不像我這樣坦率，每次都報喜不報憂，別人說起自家孩子的進步，總是會惹她不開心，那這樣幹麼還要來互助會呢？大家也不想看她的臉色呀！」

雪莉相信，多真誠分享、多用心傾聽，就會有收穫。方才聽到家豪媽、小強爸談到與另一半的溝通，雪莉也心有戚戚焉。

「一定要找個時間跟老公好好講講，否則他那種態度，小音就算有一點進步……也會被打回原點的。」

雪莉抱持著篤定平靜的嶄新心情回到家，剛補習回家的兒子累了一天，洗完澡之後仍堅持複習完功課，才在客廳對著大螢幕玩電玩。

「媽。」邵翰對進門的雪莉打招呼。「姐姐已經去睡囉！小音有打電話給她報平安。」

「好，我知道了，今天補習很辛苦吧？」

「不會啦！補習班訂的便當很好吃，還有午覺時間，習慣就好囉！不聊了，我現在趕著破關。」作為高壓升學環境中的考試機器，暑假都在補習班冷氣中度過的邵翰也早已習慣。此刻，他鏡片後的雙眼直盯著電視中的怪物，雙手握著搖桿奮勇殺敵。

「怎麼現在才回來啊？」爸爸披著肩上的濕毛巾，從浴室走出。雖然沒戴厚重的眼鏡，但他瞇眼瞪著雪莉的模樣，讓她感到一陣緊繃。

「每次去參加互助會都這麼晚，那些家長都不用做家事、陪小孩嗎？」

「正是因為平常都在忙，難得聚在一起聊聊啊！」雪莉把不開心的語氣嚥回肚子中，試著好好跟丈夫解釋。

「爸爸，你平常才沒有做家事、陪小孩吧？」邵翰不以為然。

「那是因為我要養家！」爸爸不開心地把濕毛巾甩到浴室的置物籃中。「才不像你們整天只要讀書就好，多輕鬆！」

「別用這種語氣，孩子們讀書也不輕鬆啊！」雪莉和緩地說，不過邵翰是個有自信又冷靜的孩子，不像小音那麼容易被爸爸激怒。

此刻他也只是冷眼繼續打電動，根本沒把爸爸的挑釁放在眼底。

「我每天在公司忍受多少鳥事，你們念書哪有我辛苦，騙我沒念過書嗎？我以前可是一路念名門學校，現在才有這麼好的工作。」

「是是是！為了像你一樣找到好工作還天天抱怨，我也要更努力念書，將來才能跟爸爸一樣，每天都超不爽。」邵翰正眼不瞧爸爸一樣，邊緊握遊戲搖桿邊低聲罵道。

雪莉心想，孩子說的也沒錯。

她望著丈夫，緩聲勸道：「念書和工作都一樣辛苦，孩子都沒抱怨了，所以你也別用這種態度對孩子說話。還有，也請你對小音多點耐心，盡量稱讚她，口氣好一點，因為她已經對自己夠沒信心了……」

「她沒信心，是因為她沒哥哥姐姐會念書，她自己也知道！關我什麼事？從小到大給哥哥姐姐的，我都有給她啊！我反而給她更多哥哥姐姐所沒有的！她每個月都要去一堆過動兒的訓練課、諮商課，那些錢是我多出的欸！孩子教不好，還要怪到我頭上，我是每個月付錢來被妳們數落的嗎？老聽到妳們母女嫌我！」爸爸無奈

地迴避雪莉的視線。

雪莉今晚累了，沒時間跟丈夫耗下去，揮揮手走回浴室卸妝去。其實，打從發現小音在幼稚園常與同學起衝突、英文字母背不起來之後，丈夫與她之間的關係就一落千丈，多半還是怪她沒把孩子帶好、教好。雪莉辭掉大公司的主管職務，瞬間讓雙薪家庭的收入少了一半，也造成丈夫長期的不滿。

「好像都是我不對，都是我不好一樣……」雪莉用卸妝乳在臉上畫圈，畫著畫著，眼淚卻掉了下來。

熱騰騰的眼淚混在涼涼的洗臉水中，讓她醒覺過來。

「唉！原來，這就是小音的心情呀！」雪莉這才明白，自己只是偶爾被丈夫數落就有這種感覺，而天天被罵到大的小音，心中的傷口該有多深啊？

「這樣下去不行，丈夫的態度一定要改，我一定要想辦法讓他改！」

04 裡外兩樣情
剑道

來到夏令營已第五天，小音感到樂不思蜀。沒有碎碎唸的媽媽、怒目相向的爸爸、以及那兩個優秀到令人嫉妒的哥哥姐姐，夏令營真是太棒了！

今天的行程是騎馬，因為學員人數眾多，分作上午組與下午組，個別帶開到四個馬場進行訓練，才不會擠在一起累壞馬匹。

接駁車緩緩駛近牧場時，就隱約聞到牛馬羊的濃烈體味，以及下過雨後青草與泥土的氣味。這天早上，小音的第三小隊早上去附近採果子，用過午餐之後就直接到馬場來。這群都市孩子看到牧場周邊道路的放牧羊群，一時興奮起來，不斷朝窗外大叫。

「不可以嚇到動物喔！妳們都是大人了，要學會為動物著想，這裡是牠們的家，而妳們只是客人而已，真的要這麼不禮貌嗎？」女輔導員脆笛酥綁起俐落的馬尾，柔中帶剛的語氣讓大家冷靜下來。

「大家一定要好好把動物們當作老師，我們是來學習的喔！」男輔導員路楷也叮嚀著。

「好！」同學們都答應，小音也大聲回答。

大夥兒下車整隊之後，先跟牧場的主人打了招呼，隨後就來到大草地進行基本的繞圈練習。

小音很喜歡馬兒，以前跟著爸爸看西部片時，就對步伐輕盈的馬匹有種幻想，如今看到牧場的八匹馬兒們一字排開走出，她更是忘情地鼓掌。

雖然牧場的馬匹不像電視中的那麼高挑，但對小音來說也夠有挑戰性了。

小音跟古靈精怪的黝黑男孩小皮排在同一組，兩人輪流騎馬，一個牽馬、一個則坐在馬背上，身旁還跟了個教練。

不過，今天人力較為吃緊，這個教練也只是某大學的馬術社女學員。雖然她對學習能力較慢的小音很有耐心，但偶爾仍會低頭滑手機，右手則鬆鬆地牽著馬轠。他們分配到的是隻穩定的大白馬，馬臀上有幾叢灰雲般的花斑，給人夢幻又華麗的感覺，小音很期待地乘上馬鞍。

「妳下令左右的時候要果斷，不要慢慢拉，這樣馬兒會搞混。」雖然上手得慢，但女教練還是不忘提醒小音。「動物不喜歡猶豫不決的主人，騎馬也一定要專心，若讓馬兒感受到雜念的話，不但會給馬兒不受尊重的感覺，還很容易混淆牠

們，發生危險喔！來，不行，妳的呼吸太亂了，要跟著馬的節奏放鬆身體，不要弓在前面。」

「想不到騎個馬，『眉角』這麼多啊！」經過了這幾天的訓練，小音也習慣了自己學習新事物就是比較慢的事實，試著用心聆聽每個指示。她慢慢地調整自己的不足，去感受教練所說的具體知識。

整理呼吸、感受身體在馬背上的律動，小音感覺心情都透明了起來，毫無雜念。

當她準確下令往左往右時，馬兒也果斷地遵循。

「哇！好棒，學會了呀！」女教練很開心地拍拍小音的膝蓋。馬背上的小音比出勝利手勢。

兩小時的基礎服從訓練後，小隊員輪流乘馬走半公里的路，一樣由搭檔、教練陪同。

小音與小皮分配到的路徑，是從牧場東邊一路騎到森林入口，再騎回來。基本上馬匹幾乎都會跟著農場主人帶領的領頭馬排成一列前進，與其說這是驗收，倒不如是讓學員們都能帶著放鬆的心情結束這一天。

此時已經五點半，夏天都是七點才天黑，時間還綽綽有餘。

「沒想到，學騎馬這麼累啊！」小皮率先騎上馬匹，小音與女教練則在旁邊跟隨。

「叮咚。」女教練的手機傳來LINE的來訊聲，她滿臉喜色地回覆著，小音與小皮則聊著明日的最後行程。

「明天就是夏令營的最後一天了，我會很想念脆笛酥姐和路楷哥的。」馬背上的小皮也感慨起來。

「沒想到你也有這麼感性的一面呀？」小音比較遲鈍，這才因為小皮的這番話而感到惆悵。

不，與其說是寂寞或惆悵，心中更大的感受……是種恐慌。

「又要回到那個讓人窒息的家，媽媽一定又每天叫我先預習八年級的課……」

小皮回答：「看來，妳成績不好喔?怎麼這麼擔心？」

這還是幾天來，第一次有人問小音這種問題。在夏令營中，她根本不在意自己過去的課業表現，也不用擔憂未來，但小皮的問題，也只是將她拉回現實。

「我是成績不好，也討厭念書！反正我念得再努力，也只是讓大家生氣而已，那還不如不那麼努力、不那麼痛苦，這樣才不吃虧。」因為明天過後不用再見到小皮，小音也大膽地說出真正的內心話。

「妳說得挺有道理的。不過，身邊有人替妳生氣也很好，我就算考零分，我阿嬤阿公也不在意，照樣請我吃雞排、一起看八點檔，哈哈！」

小音瞪了小皮一眼，真心覺得他只是在炫耀罷了。

馬匹快走到終點，需要折返了。為了不脫隊，小音謹慎地抓住馬韁，而女教練仍落後幾步，繼續當低頭族。

「梁同學，麻煩妳注意一下妳們那組。」脆笛酥輔導員上來提醒了教練一聲，教練雖說了抱歉，但一轉頭還是繼續玩著手機。

「欸！我們不進森林嗎？只在入口好無聊欸！」小皮指向襯著夕陽金光的森林。林間的綠金色澤閃閃發亮，彷彿在熱情地邀請他們。

「請各位學員交換！馬背上的同學，下來囉！」輔導員路楷在大後方忙著指揮。

「煩欸！我還想騎！」小皮不甘願地扭了扭，這動作明顯讓馬匹不適，震了好大一下。

「嘶嘶！」

「你弄痛馬了啦！」小音連忙單腳踏上馬鐙，想拉住小皮。

「欸欸欸！不要碰我喔！」小皮高聲叫道，或許是覺得好玩，一手則擋開想制止他的小音。就在此時，馬匹往後一蹬，直朝樹林裡衝！

「哇哇哇哇！」小皮嚇得差點往後跌，而單腳踩上馬蹬的小音也來不及鬆手，就跟著馬兒一起衝了出去。

「天啊！小心！」小皮連忙將掛在馬身外的小音拉起，兩人嚇得抱在一起。

雖然幾個大踱步之後，馬兒就自行回穩，以小碎步的速度在林中穿梭，但沒受過正式訓練的小音與小皮，根本不曉得怎麼讓馬兒完全靜止。

「喝！」小皮猛拉馬韁，馬兒卻一個箭步加速，又衝了起來，樹葉迎面擊向他們的臉部。

「你在做什麼啦……」小音雖害怕，但仍勉強抓住小皮的肩膀，眼看撲面迎來的綠意越來越陌生，她伸手撫住馬兒的脖子。

「呼……厚……」小音緩緩發出幾個安穩的喉聲，馬兒的速度緩了下來，小音果斷但溫柔將繩子輕拉一下，馬兒終於完全停住步伐。

「哇……沒想到是這樣。」小皮佩服地回望著小音，但小音沒理會他說什麼，而是先行下馬。

「沒事了，不要怕。」她摸著馬脖子，輕輕牽動韁繩，引導馬兒轉向。

「欸！一個人坐在這上面好可怕，我也要下來。」小皮摸摸鼻子，也連忙下馬。

天色越來越黑，但隱約可以辨認林間的路徑，只是，兩人轉了五分鐘，仍只是在附近徘徊。白馬也體會到他們的慌亂，開始噴氣踱步。

「這頭馬一定覺得自己很倒楣，被一群屁孩騎。」小音沒隱射小皮，而是在說他們兩個。

小皮自知理虧，只好先道歉。「對不起啦！我不知道馬是這麼敏感的生物，要怪就怪我們的教練都在玩手機……現在怎麼辦？萬一一直繞不出去呢？」

「沒關係。」小音告訴自己得冷靜，摸摸口袋，空空如也。

「手機每天一早都會被總幹事那個胖子收回啊！什麼營隊規定嘛！現在是真的慘了。」小皮唉聲嘆氣。

「不要講這些喪氣話，聽了很煩！」小音罵道，繼續摸摸外套，最後，她低頭一看。

「嗶嗶嗶——」她拉起頸上的哨繩，用力吹哨。這是第一天的教學內容，遇到危急狀況時，童軍往往會吹哨，以三短、三長、三短的連音，作為國際通用的ＳＯＳ訊號。

哨音比人類的呼喊還遠，在手機經常沒訊號的山區也應用廣泛。樂觀吹奏的小音，一點都不擔心會沒人找到她們。

「哇……」小皮望著鼓起兩頰、鎮定吹哨的小音。「我們邊走邊吹好嗎？」

「不行，一旦確定迷路，就要待在原地，反正這裡也很安全，又比較亮。總比我們亂走好。嗶嗶嗶，嗶——嗶——嗶——嗶嗶嗶——」小音繼續吹奏著下一回哨

音。

小皮被她幹練的模樣所震懾，也轉而拿起自己的哨子。兩人的響亮哨音疊在一起，不到三十秒，遠處也傳來了哨音。

「哇！是路楷哥他們吧？」小皮與小音大為振奮。果然不到五分鐘，馬場的主人與輔導員們都紛紛趕到，方才只顧玩手機，疏於保護他們的女教練，則哭得一把眼淚一把鼻涕。

小音不難想像女教練大概被罵了一頓，搞不好在大學的操行成績都會受影響，所以並沒有多說什麼，她比誰都知道那種被全世界批判的感覺。

不過，聽小皮轉述事件經過後，路楷與脆笛酥都帶著笑容稱讚小音處理得很好，連馬場主人都說小音有SENSE。

「只受了一下午的訓練就這麼沉穩，真不簡單啊！如果有興趣的話，歡迎下次再來我的馬場玩，以後長大了也可以來打工換宿喔！」蓄著落腮鬍的馬場主人熱情地拍了拍小音的肩。

同小隊的隊員也很關心小音與小皮的狀況，紛紛用敬佩的眼神看著她。從沒被這麼多陌生人圍起來稱讚，小音感到樂陶陶。

「爸媽要是知道我這麼厲害，不曉得會不會為我開心？」平常在家裡罵她罵最兇的兩人，小音自然希望讓他們知道自己的這一面。

明天下午結訓後就要返家了，經過這麼多天，倒也有點想念家人……用過晚餐、洗過澡後，小音在宿舍床位上整理著行李，深怕落掉一件，到時候還要麻煩大家。

「被爸媽知道的話，大概也免不了一頓罵。」不管做什麼都會聯想到挨罵，小音知道自己畏畏縮縮、提前緊張的心態大概改不了。

總算清點完行李，宿舍床鋪上的室友們都還在悠閒地玩手機聊天，只有小音帶著戰戰兢兢的心情，打電話回家報平安。

「這幾天因為沒什麼特別想說的，都沒打電話回家，但明天就要聯絡爸媽接送的事情，還是得打一下，也順便把今天牧場發生的事情分享給家人吧！」懷著想家的柔軟心情，小音撥通了家中的市話。

「喂？」

聽到這個熟悉卻粗獷的聲音，小音有點驚訝。「是爸爸嗎？」

「哦！小音啊！」爸爸語調中沒有驚喜，而是覺得驚訝。「怎麼這時間打來？怎麼了？」

「沒有啊！我只是打電話回來報平安！總要吃晚餐、洗澡吧？營隊作息時間都是到現在，十點多應該不算晚吧？」小音努力想解釋，自己並不是打電話回家找碴，也不是像以前在學校那樣惹出麻煩才打電話回家。

「『報平安』？喔！嚇我一跳，我想說前幾天都沒報平安，怎麼今天忽然就要報平安了……」

爸爸的語氣，讓小音有受到批判的感覺，心底已經開始不舒服。

「因為明天我就要回家啦！所以想跟你們約一下接送的時間，不曉得是你和媽媽，誰比較有空？」

「哦！原來明天要回家了，今天才打電話啊？怕沒有人去接妳嗎？」爸爸又是一句責難。

小音也不開心了。「你不知道自己女兒明天回家才奇怪吧？冰箱上不是有全家

共用的行事曆，上面都有寫我幾號回家啊！」

「哎唷！還反過來怪我喔？」爸爸揚起聲音：「不想跟妳講了，只會頂嘴。雪莉！」

聽到爸爸喊媽媽的粗暴語氣，以及媽媽慌慌張張衝來的背景聲音，媽媽八成也以為自己出了什麼事了吧？

「我有這麼差、這麼讓家人擔心又討厭嗎？搞得好像我常常進出警察局一樣！」

「小音！沒事吧？」媽媽關心的語氣傳了出來，電話換人接了。「是明天回來對吧？只知道是下午，大概幾點呢？」

「可能三四點左右，遊覽車到站時間不一定，我會再打妳手機。」

「好啊！提早二十分跟媽媽說就行，媽媽都有空。」雪莉溫暖的語調讓小音一陣感動。

然而，媽媽接下來卻問道：「這幾天應該沒有受傷吧？有沒有跟其他小朋友起衝突呀？」

雖然是好意，但一想到媽媽已經預設自己會有這種麻煩，小音的心情瞬間盪到谷底。

明明在營隊玩得很開心、相處融洽、還順利解決了難關，爸媽卻是用這種心態想她的？

小音一時千頭萬緒，又氣又悲，也懶得解釋了。

「反正我說了妳們也不會相信……」她低聲嘆息道：「我沒事啦！很好，就這樣囉！明天再打給妳。」

「喔喔！好……」雪莉糊里糊塗地掛了電話，完全不曉得小音心底受傷了。

電話這頭的小音哭了出來，將頭悶到棉被裡，聽著室友們在各自的床鋪上有說有笑，她只覺得心好酸……

「明天起，又要回到那個不信任我的家了……怎麼不能永遠都待在營隊裡呢？路楷哥和脆笛酥姐姐人多好啊！每天見到我都是稱讚和鼓勵……」

想著想著，小音眼角掛著淚水，度過了這個失眠又離情依依的夜晚。

05 餞別一席話

「今天小音回來，將近一週沒吃媽媽的菜，不知道會不會懷念家裡的味道？」雪莉中午煮了涼麵給邵翰、繪詩兩姐弟吃完後，就立刻弄了梅干扣肉，打算晚餐給小音加菜。

「媽，不用忙啦！小妹一定樂不思蜀，搞不好還會因為不能吃外食而生氣呢！」邵翰臨走去補習前，苦笑道。

「雖然平常小音很羨慕哥哥姐姐能因為補習吃外食、喝手搖茶，但這回她在外面住了六天，總會想念我的菜吧？哈！是不是我太自滿了？」雪莉呵呵一笑，沉浸在為女兒做飯的幸福煩惱中，邊擔心地要做什麼菜餚，邊幻想小音回家之後開心的神情。

「奇怪，這一忙也都三點了，不是說大概這時間要回來嗎？」雪莉緊繃地摸著圍裙口袋中的手機，沒消沒息的。

「應該不是遊覽車出了什麼事吧……我打個電話去救國團問好了。」

沒想到，雪莉竟然得知「車子已經抵達總部，多數孩子也已經返家。」的答案！

「唉！真是的！小音這孩子怎麼啦？」匆匆抓起鑰匙與包包，雪莉連忙奔到樓下停車場。

一路開車前往救國團位於市政府藝文中心附近的大樓，雪莉心底除了焦急，更是滿滿的疑惑與擔憂，即使在等紅燈，也不忘繼續用車上的手機藍牙打電話給小音。

「怎麼不接我的電話呢？如果救國團有什麼疏失，害我女兒有個三長兩短……我一定……」

匆匆衝到了等候廳，只看到幾位零星等著家長來接的孩子們，但就是見不到小音。

「請問張采音在哪呢？我是她媽媽。」雪莉慌亂地抓住一位綁著馬尾的輔導員詢問，她的胸前名牌寫著「脆笛酥」。

「哦……小音是我們隊上的。」脆笛酥一臉為難地點點頭。「只是……她從剛剛就說不想回家，所以我們另一位輔導員還在陪她。」

「『不想回家』？怎麼會呢？」雪莉感覺自己整個下午的苦心，都被女兒毀了，臉也垮了下來，再加上女兒音訊全無，雪莉臉上的神情既挫折又急躁。

「那現在我女兒在哪？我要去找她！」

「小音媽媽，請您在這裡稍候。小音應該只是鬧彆扭啦！我們有另一位輔導員在教室陪她，等等就會出來囉！我建議您不要忽然這樣跑進去比較好，您的孩子很安全喔！等等就沒事了！」脆笛酥只是皺眉苦笑，語調很輕柔，像在說著一件極簡單的事情似的，轉頭就去陪伴其他小朋友。

「什麼態度，講得這麼簡單。」雪莉感到一陣氣憤，這個年紀比自己小了十幾歲的女孩，哪懂怎麼教養孩子。

不過，看到脆笛酥與其他孩子相處得一派輕鬆，渾身散發出安定自在的氣場，雪莉倒覺得急躁得像刺蝟的自己，在這裡顯得格格不入……

「唉！好吧！也只好在這裡等一下了。」雪莉緊抓包包，在等候椅上長嘆了一口氣，她緩緩做著深呼吸，希望心情能放輕鬆點，也想著等一下見到小音時，該怎麼開口問她。

※※

在涼爽的辦公室中，小音與路楷於休息區沙發上並肩坐著。今天早上，路楷就發現小音的樣子不太對勁，不只對其他學員不如前幾天的禮貌，甚至有些焦躁，雖然送別會上小音和大家都哭著抱成一團，紛紛交換祝福的小卡，但上了接駁車之後，小音卻是一路流淚，脆笛酥問她怎麼了，小音只是哭得更大聲。

「我不想……我不想回家……」她哽咽地說。

與小音同隊的孩子有些被嚇壞了，雖然下車後，她們仍很有風度地想和小音話別，但小音卻猛然低著頭跑開，把自己藏在廁所不出來。

脆笛酥花了十分鐘把她帶了出來，請小音到充滿冷氣的辦公室休息。

「她好像比較喜歡跟你講話，不要勉強她，我先出去送小學員。」脆笛酥一如往常的鎮定自信，拍了拍路楷的肩就走回接待廳去了。

聽著救國團辦公室職員敲鍵盤、接電話的輕柔聲響，小音的心情勉強鎮定下來，這裡跟學校辦公室的氣氛截然不同。不像她在學校時，每次做錯事就有老師從各自的座位隔間探頭探腦，並用嚴謹的眼光瞪著她。

相反地，就算小音到這裡時是低著頭、流著淚的彆扭模樣，但也沒有煩人的大人一直問「怎麼了」、「發生什麼事」，更沒有人暗中盯著她，只有一位胖胖的婆婆職員端來杯涼涼的果汁就走了，路楷還去茶水間的冰箱拿了條冰鎮巧克力甜筒，用賊笑遞給她。

「來，不要跟大家說，我偷拿的。」聽到這樣的玩笑話，小音這才破涕為笑。

雖然知道自己已經不是小孩子了，但歷經與爸媽昨晚的通話之後，小音始終無法鼓起精神，像其他隊友那樣期待著回家。

「反正回家也只會被罵，做什麼爸媽都不滿意。」抱著這個念頭，小音還想再跟輔導員哥哥姐姐相處久一點。

然而，在休息室坐了一下之後，小音看見其他小隊的輔導員哥哥姐姐，分別一派輕鬆地回辦公室簽到下班，便知道自己已耽誤了路楷的時間。

「路楷，還不回去啊？」有位男輔導員問。

「噓！『約會中，勿打擾』。」路楷比劃著，假裝胸前掛了塊牌子，對方便笑著離開。

聽到路楷這麼說，雖明知是開玩笑的，小音心底仍有甜甜的感覺。但再怎麼樣，自己的確是拖累了路楷，讓他沒辦法提早下班。

「抱歉啊！只有巧克力口味，我記得妳自我介紹時說過討厭巧克力。」路楷指著小音嘴邊的甜筒，瞇眼一笑。「可以跟我說為什麼討厭巧克力嗎？」

「小時候去學芭蕾和鋼琴課，每次下課爸媽都會帶我去超商買巧克力給我吃，說要慰勞我，好像他們多替我著想一樣，其實她們如果真的為我著想，就不會每週五天都逼我去學才藝了！想到巧克力就討厭！」小音撇了撇頭，想想自己太激動了，就緩了緩語氣。

「不過，路楷哥哥給的巧克力甜筒很好吃。」

「多謝妳破例喜歡，哈哈。」路楷幽默地挑了挑眉。「妳說討厭被刻意帶去吃巧克力，那要怎麼做才能慰勞到妳的辛苦呢？妳喜歡爸媽怎麼做啊？」

「直接跟我說我很棒就好，不要『假鬼假怪』的，很噁心。」小音厭煩地回想道：「還有，他們很愛問我『怎麼了』，好像我會一直製造問題給他們一樣，爸媽總覺得我就是愛惹事。所以，他們越問怎麼了，我就越不想講，他們卻覺得……好

像我這種行為是無理取鬧，根本沒必要，把我當瘋子一樣。」

「那妳應該把現在跟我說的話，好好跟爸媽說，搞不好她們根本不知道妳討厭這樣呢！氣在心底，誰都聽不到，所以事情也不會改善，往後妳還是會一直被這樣對待喔！」路楷溫柔地遞出面紙，給吃了一嘴的小音。

小音低下頭，因為不想承認路楷哥哥說的對，她乾脆不發一語。

平常這種時候，爸媽一定會問她「怎麼了？怎麼又不講話了？」但路楷不但毫無受傷或驚訝的模樣，甚至也不覺得奇怪，只是在一旁自在地接過小音吃剩的黏膩甜筒紙，還找了濕紙巾給她擦手。

「路楷哥哥真的很阿莎力，不會像我爸媽一樣囉唆……」小音雖然感到不捨，但氣也消了大半，不好意思再賴在這裡不走，便提起包包。

「要回家了呀？我送妳出去。」路楷眼明手快地替她提起行李，有種被紳士服務的感覺，讓小音樂陶陶的。

「路楷哥，以後我回救國團上課，還看得到你嗎？我可以加你臉書嗎？」

「我沒有什麼在用臉書欸！不過我寒暑假都在，可以來辦公室找我聊天呀！」

路楷依舊露出一口白牙爽直地笑著，反而讓小音自覺羞愧。

其實，她早知道輔導員不能給小隊員私人聯絡方式，也體認到自己不過是個難搞、成績又不好的小女孩，路楷也不可能將她當作談感情的對象，但這份心動，仍無處宣洩，小音低著頭，隨路楷走向大廳。

「小音，妳媽媽來接妳囉！好幸福喔！有這麼漂亮的媽媽！」女輔導員脆笛酥朝小音招手。

「嗯！不好意思。」看到媽媽在接待廳蹙起眉頭的模樣，小音也是一陣難堪。

臨走前，路楷給了她一個大擁抱。

「不要忘記我跟妳說的話喔！不然我會很傷心的。」

是在指方才的對話吧？

小音點點頭，今後有什麼事，她會盡量表達出來的。畢竟方才那席話，也算是路楷給她的貴重餞別禮。

「只是，不曉得對我家的爸媽有沒有用……」小音氣餒地望著皺眉瞪著她的媽媽，知道自己大概免不了一頓罵。

但出乎意外地，媽媽竟然只對輔導員們道完謝，就牽起小音的手離開。

很久沒像小孩子般被媽媽這樣牽住了，有種微妙又緊繃的驚喜感。母女倆並肩走向炙熱豔陽下的停車場。

「媽媽……妳不罵我嗎？」

「是想罵呀！但是妳大概也有妳的理由吧！」雪莉自嘲地苦笑：「搞不好是我們對妳太壞，妳才不要回家，是不是呀？」

小音感到一陣委屈，雖然心中仍有種無力感，但她仍決定把昨晚那通電話給她的感覺，一五一十說出來。

聽了小音的陳述，媽媽急著反駁：「沒有啊！妳怎麼會這樣想！妳太不瞭解爸媽了！」

「妳讓我說完！你們給我的感覺就是這樣，強勢、常打斷我不讓我好好表達，想要好好把心底的話說出來，根本是奢求。」小音也急了。

所幸這次媽媽沒反駁，雖然她的表情像當頭棒喝般傻住了，卻也給了母女倆緩衝的時間。

「總之，我希望以後能聽我說完，不要急著斷定我，我沒有那麼愛惹麻煩。昨天打電話回家只是想跟你們分享牧場的事情，但是你們卻早就認定我就只會惹麻煩，尤其是爸爸，還那麼兇。」

「爸爸的態度是有問題。」雪莉手握方向盤，雖發動了引擎，卻不急著開車，而是聽副駕駛座的小音說完話。

「所以，媽媽想先學習改正我自己的態度，再來改爸爸的……」雪莉撫了撫小音的肩膀，但小音卻嫌噁心地轉頭看向窗外。

「媽媽剛才等妳時，聽脆笛酥姐姐說了昨天妳有多棒，我覺得妳很厲害呀！」

「妳才不這麼覺得咧！」

雖被女兒刺了這麼一下，但雪莉深呼吸，繼續緩緩說道：「其實妳從小就很會觀察其他人看不到的地方，昨天臨危不亂的表現，媽媽聽了很開心，但不意外。我女兒真的有很棒的地方，只是被我們關在家裡逼著作功課，很多時候根本無法發揮。」

「妳真的這樣想？」這回換小音驚訝了。

「是啊！看來妳很適合參加這種戶外的社團，以後寒暑假若妳願意，都可以來這裡繼續學習，平常若有各式各樣的課程妳也應該多多來嘗試，不需要老是關在教室和家裡，其實這樣學到的東西也有限。」

沒想到，平常總是指著作業簿，一題一題追問她的媽媽，這幾天內竟然變了這麼多，小音目瞪口呆。

「謝謝媽媽……我很高興。」

「真的嗎？」雪莉雙目中放出微笑的光彩。「那以後，媽媽就給妳安排這些。以前是不知道妳喜歡什麼，所以就侷限在那裡……其實早該多多嘗試不同的東西。以後妳想學什麼都要跟媽媽說，我會幫妳安排的。」

小音忽然有種掉進許願池的虛幻感，雖然開心，卻也覺得不可思議。

難道，光是把自己想說的話說出來，就能有這麼大的改變嗎？

「路楷哥哥真的很有遠見。」小音在心底懷念又惆悵地感激著路楷。

這個夏天，因為做了點不一樣的事情，遇到了一些不一樣的人，小音的生活連帶地也變得特別起來。

06 高分的一天

從夏令營回來的兩天後，小音也重新適應家庭生活。沒人像營隊裡一樣要求她早睡早起，但小音卻喜歡上掌握自己作息的主導權，照樣維持十點上床、六點起床的步調。她很愛早上六點哥哥姐姐都尚未起床，自己卻已能關著房門在房內看小說的感覺。

「至少我比他們早起，早上心情也比較好。」

等最討人厭的爸爸風風火火地上班後，整個家又會再度安靜下來。這種靜謐又唯我獨尊的感覺，小音很喜歡。

其實，她當然也會很想打開電腦上網。

「但早上就上網感覺很浪費時間，我也沒有重要的事情一定得上網啊！臉書還不都是一些同學在炫耀自己去哪裡玩、花錢買了什麼，真無聊欸！」

最後，暑假的這幾天，每早都花一小時看小說、寫補習班的作業，成了小音的習慣。

媽媽十點就會開始催小音收碗筷、換衣服準備出門補英文，雖這幾小時內，小音的注意力也無法神速集中，小說也是兩三本輪著看，但至少她開始享受靜下來的獨處時光了。

「雖然在夏令營每天都過得很開心，但戶外活動好熱，都要一直走、急著完成每件任務，至少在自己家裡也可以靜靜地作自己想做的事情，真的很好。」不得不說，離家了幾天，小音還真懷念自己家裡要什麼有什麼的日子，畢竟夏令營雖快樂，但連個吹風機都要輪流用，實在不太方便。

「小音好像開始會想了……竟然會自己跑去讀書。」雖然只是小小的改變，但敏銳的雪莉早已從小音房門口的動靜察覺一切。而她掏錢讓小音去選購的書籍，也不像以前那樣在書架上萬年不動，而是會三不五時被小音捧在手心閱讀。種種小改變，都讓雪莉興奮不已。

然而，今天雪莉發現了一件大事。

她站在浴室外的儲藏櫃前，驚訝地摀住嘴巴。「天啊……這，一個多月以來，小音竟然擅自停藥！」

雪莉氣得想衝進小音房間找她理論，但無奈才早上九點，繪詩和邵翰都還在休息，以往連開個吸塵器都會被他們抱怨，雪莉只好忍下衝動，扶著脹痛的頭，望向

滿滿的藥袋發呆。

「本該是去醫院回診的日子，小音卻連上次拿的藥都沒有吃……都是我太信任她了！搞不好乖乖吃藥，會有更好的進步呢！停藥為什麼不跟我商量！」

就在這時，雪莉的手機響了。

是未知的號碼。

雪莉熟人圈中，會用電話往來的就只有那幾位，很難想像會有陌生人打電話給她。

「真麻煩，連詐騙都挑這時間打來……」先是掛掉，沒想到這個號碼鍥而不捨，一連打了三次。

「小音媽媽您好，抱歉沒先打聲招呼，我是先前救國團夏令營的輔導員路楷。這兩週小音狀況還好嗎？輔導員脆笛酥也很想念她，今天我們是作為朋友的角度來關心小音，若有任何打擾，還請見諒唷！」

「哦！竟然還有這麼好的人啊？」雪莉記得路楷，畢竟小音滿滿的營隊手冊上都有這個名字，她回家後也提過路楷與脆笛酥幾次，雖然小音努力在雪莉、繪詩面前壓抑自己的激動與開心，但明眼人都看得出來，她真是超愛這兩位營隊的哥哥姐姐。

而提到脆笛酥時，雪莉想起的是她綁著青春馬尾，雖貌不驚人卻始終保持自信微笑的神情。當雪莉氣憤地想衝進辦公室時，脆笛酥的幾句溫言軟語就掌控住整個場面。而對於小音的失控情境，路楷也處理得游刃有餘。

「沒想到現在營隊的輔導員素質這麼高，竟然還會主動關心我女兒？照理來說，活動結束就不可能再聯絡了才對呀！」雪莉又驚又喜地望著路楷的簡訊，回撥了電話。

「不好意思，我剛剛手邊在忙，關於小音的狀況，我很想當面直接跟你們聊聊，剛好今天也要帶她去看醫生，可以順道去你們辦公室嗎？時間大約下午兩點左右，希望不會太打擾。」

「不好意思，可不可以先別帶小音過來呢？因為有些話，不方便在她面前講。」路楷遲疑又為難的語氣從話筒另一端傳來。「本來我只是想透過電話說的，不過若您願意親自來一趟，也很歡迎。抱歉，下一堂課要開始了，我先進教室了。」

那兩點見。」

「哦哦！好。」雪莉一開心，才做出唐突的要求，對路楷感到有些抱歉。「看來，小音果然還是在營隊發生什麼事了吧？不然輔導員哥哥怎麼會這麼擔心呢？唉！這麼想也不對，如果真的是什麼嚴重的事情，輔導員早該告訴我了。」

帶著滿腹疑惑，雪莉試著不打草驚蛇，獨自外出到救國團辦公室找路楷。

比預定的時間早到，雪莉被其他辦公室員工告知，直接到三樓團體教室找他即可。

「好，我們現在已經有杜鵑花、梅花、櫻花，大家都記得自己是什麼時候開嗎？等等跑錯我要抓你們喔！」才剛上樓梯，就聽見爽朗的女孩聲，配合著活潑的鋼琴節拍帶動氣氛。女輔導員綁著馬尾，臉上帶者青春洋溢的笑容，雪莉想起她就是脆笛酥。

上次在大廳見面時，氣定神閒、游刃有餘的脆笛酥，讓雪莉印象深刻。她竟能如此平靜地管理這麼多吵鬧孩子的需求。

雪莉不禁好奇地望進團體教室的落地窗。一群年約十二歲左右的唐寶寶頭上帶著不同的紙牌花卉頭套，正和脆笛酥玩著你追我跑的遊戲。

「跑錯！跑錯！春天的花怎麼跑在夏天後面！夏天，請你跑慢點吧！」一口白牙的俊美原住民男孩路楷，也幫著孩子們找到自己的順序。一群唐寶寶大約總共有十數人，彼此嬉鬧歡笑地遊戲、連角落邊的家長也感染到他們的笑容。

另一個眼尖的男輔導員看到雪莉，對她點了點頭。

「啊！路楷，你等的人來了，我來頂替你吧！」

「抱歉，你在工作還打擾你。」雪莉對路楷說，雖然比自己年輕了十幾歲，但路楷卻散發出一股舒服而幹練的氣場，讓她萌生敬意。

「沒有打擾。是我忽然打電話給您，應該讓您嚇到了吧？不是我不想念小音，只是我還滿擔心她的狀態……兩週前沒直接跟妳溝通，是怕妳對她興師問罪，但我這幾天越想越擔心，不曉得小音最近還好嗎？」

雖然路楷語氣緩和，臉上始終掛著禮貌的淺笑，但雪莉卻有種被指責的感覺。

「小音有說，我常對她興師問罪嗎？」

「不，讓妳不舒服的話，我道歉。」路楷苦笑道：「因為我家就有一個過動症

的弟弟，我從小到大常聽家裡對他興師問罪，即使什麼都沒發生、大家卻很愛問他『你又做錯什麼？』、『一定是你怎麼樣才會這樣！』……所以，當時既然我已經解決小音不想回家的狀況，就沒有馬上跟妳反映，怕小音認為我跟妳告狀。」

明白了事情的原委，又聽說路楷的弟弟也跟小音有一樣的病症，雪莉弓起的肩線這才放鬆下來。

「謝謝你為小音想這麼多，她的溝通意願算是進步很多，不過，她也有說在營隊大家都會誇獎她，在家裡我們卻罵她嫌她……唉！從她國小還學不會ABC二十六個字母開始，這種情形就發生了，一時間也很難改……不過，這幾天她倒是很享受獨處、也比較願意看書、預習補習班的作業。」

「請多多誇獎她。」路楷擔憂地說：「過動症的孩子常常揹黑鍋，也要承受家裡長輩的情緒，所以一定要多放大她的優點。以下這些話或許是我多說……但讓一個孩子不想回家，父母是有絕對責任的。」

雪莉正才覺得自己遭受指責之際，路楷緩緩地解釋道：「因為，我的弟弟當初也是因為爸媽每日的指責謾罵，越來越不愛回家，離家出走好幾次，有一晚在路邊

與人爭執、被推倒撞傷腦部，才十三歲就成了植物人。現在，我們每天都要輪班去醫院看護他。」

雪莉震驚到說不出話來，看到路楷如此掏心掏肺地分享自己過往的傷痛經驗，她滿心感激。

感受到雪莉同情的注視，路楷尷尬地別開頭，藏住眼中的淚意。「我爸媽每天都在反省，為什麼當初不能好好教他、好好引導他去作他命中註定、最適合他的事情，不過，這種反省也已經沒有用處了，根本幫不到我弟。」

「我……我會更認真去尋找對的方式照顧小音。」

「我知道您是很好的媽媽，所以才找您聊聊。不過，全家人的協助和認同都很重要喔！」路楷嚴肅地說完，低頭苦笑。「抱歉，我自己家當年就無法做到，我知道這很難，但時代已經不一樣了，不應該把過動症的孩子妖魔化，其實她們真的只是比較特別而已，因為路已經很艱辛，所以更需要身旁的人耐心地認同他們。」

「我也一直相信天底下，一定有比念書背單字更適合小音的事情能做……但我們也還在找出那件事到底是什麼……」雪莉掛起堅定的微笑。「謝謝你跟我說這

些。」

「對了，小音現在還會耳鳴頭暈嗎？在營隊的早上她有跟脆笛酥反應過這個問題。」

「應該是她擅自停藥的關係。」雪莉想了想，鎮定地回答：「我會再帶她去看醫生的。」

「嗯！小音有這樣照顧她的媽媽，很幸運了。我相信她一定會越來越快樂的。」路楷帶著祝福的微笑與雪莉寒暄完，就瀟灑地跑回教室繼續帶活動去了。

路楷在音樂聲中搖擺身體帶動唱的愉悅模樣，讓雪莉感到方才的對話一點也不真實。

望著年輕輔導員堅強熱情的身影，她也受到了鼓舞。

※※

雪莉才剛回到家，小音立刻衝上來問了一堆問題。

「不是說下午要回醫院複診嗎？媽媽剛剛就順便帶我出門，不就好了？」

雪莉不曉得怎麼跟小音解釋，怕她認為路楷跟自己打了小報告，只好苦笑地掰了個理由。

「媽媽只是先去檢查那輛二手車，最近問題很多。沒關係，我們現在就走。」

小音的短髮稍微長了些，在後腦杓綁成一小揪，手腳修長的她身材其實不錯，只是常常駝背。

但每次叮嚀女兒駝背，小音就擺臭臉，雪莉只好輕輕摸了摸她的背提醒她，母女倆在社區停車場上了車。

「媽媽今天有發現妳停藥了。」本來後頭想接一句「怎麼不跟我商量」，但怕語氣又演變成指責怪罪，雪莉只好小心翼翼。

「嗯！不是我自己決定要停的喔！是姐姐叫我停的！」小音卻還是深怕媽媽罵自己，雙手防衛地交叉在胸前。

「繪詩叫妳停藥的？」雪莉很驚訝。

「不相信就算了！」

「我沒有不相信呀……」雪莉雖然討厭小音的尖銳態度，卻只好告訴自己忍著別生氣。「我只是想知道，為什麼姐姐要這麼作呢？」

「因為我跟妳說我頭痛、頭暈、午餐都吃不下，晚上也睡不著，但妳和爸爸卻說那是因為我不夠認真念書和運動、才會晚上精神好，頭暈頭痛、午餐吃不下則是因為我愛喝手搖飲料……就這樣，說了也沒用！反正妳們每次都誤會我，但我真的沒有啊！姐姐上網查資料，發現吃太多過動症的藥有可能會出現這種問題，再加上我有吃根本等於沒吃，成績一樣爛，一樣被妳們罵，那我為什麼要吃得這麼辛苦呀？」小音把幾個月前的苦水都一吐而出，雪莉雖然想反駁自己並沒說過那些話，但仔細一想，自己的確沒把小音的不舒服當回事……

「好，反正我們等等就要去回診，到時候會直接跟醫生諮詢看看。」

雪莉難得如此乾脆，小音倍感震驚。

「不過，下次有這種事情，還是要讓媽媽知道，妳姐姐也真是的，竟然沒有跟我說。」

小音並不喜歡回診。回診的醫生是大醫院的權威，一個姓黃的中年醫生，每個時段的掛號人數都超越六十人，每位病人分配到的看診時間，只能用秒數來形容。

今天也一樣。

「照拿藥嗎？最近的情況怎麼樣？有沒有改進？」這三年多來，一頭灰髮、神情疲憊的黃醫師永遠問同樣的問題。

即使回答說「沒有進步」，醫生多半也只有幾種藥物換來換去，眉頭不皺一下。

「醫生，我女兒已經停藥一陣子了。但最近會出現耳鳴、早上暈眩的狀況。」

「怎麼會忽然停藥呢？停藥多久？」黃醫師難得這次情緒起伏比較明顯，抬起眉梢，責備地望著小音。

「一個多月了。」小音回答。

她並不覺得醫生可怕，反而覺得奇怪，媽媽怎麼會忽然知道自己最近有暈眩耳鳴的症狀？

「來，我們換新藥。」

「新藥是什麼樣的藥？會比較有效嗎？」

「也是協助情緒中樞運作的藥，有沒有效要吃吃看才知道。」黃醫師惜字如金，轉身盯著電腦打藥單，一旁的護士小姐知道這是該送客的暗號，一直說著「謝謝、外面稍等」就將母女倆請出診間。

「真是的，每次都是這種就醫品質……」雪莉感到一陣無奈。以往，每當她聽到醫生說換了新藥、或改變藥物的排列組合時，總是會燃起希望，但這三年來，小音的病況總是好好壞壞。

「或許，是我們太美化藥物作用，親子的溝通態度還是最重要的。」雪莉手上雖拿了藥單，但在藥局前等藥時卻一直恍神。

「小音，這個藥拿回家，妳願意吃嗎？」

「如果可以治頭暈耳鳴，我就吃。」小音自己也不曉得該怎麼辦，母女倆還是花了十五分鐘等藥。

「那妳答應媽媽，從今天起，都要紀錄自己身體吃藥的狀況、以及有沒有不舒服，這樣我們才知道有沒有改善。」

「為什麼要我紀錄？」小音防備地問：「每天要作一堆事情還要紀錄，很煩欸！」

「因為如果是媽媽紀錄，媽媽也是每天要來問妳。」雪莉試著心平靜氣地推論反問：「這樣，會不會讓妳更煩？」

「好吧！我知道了，我就寫紀錄。」小音重重嘆了一口氣。「當病人真麻煩。」

「媽媽不希望妳把自己看成是病人，這些藥只是輔助我們，如果這次試了還是沒有效，我們就……永遠跟藥說掰掰吧！」雪莉心想，也不是沒聽說其他同樣症狀的孩子停藥，就試試看吧！

小音驚喜地望著媽媽，原本的刺蝟姿態雖然仍在，但她方才不好的語氣也轉為平靜。

「難得出門，還有想要做什麼嗎？暑假已經快結束了呢！」雪莉問。

「想去書店看看輕小說。」

「那是什麼？」

「就是一般的小說，只是比較有趣。」小音翻了翻白眼想道。

「媽媽注意到最近妳花很多時間看書，這樣很好。」

「反正爸爸還不是會說我只會看閒書……」

「不用管爸爸說什麼呀！他還不是說我整天閒閒沒事作，不必爸爸說什麼都當作聖旨記得這麼清楚。」雪莉難得的反叛態度，反倒讓小音哈哈笑了起來。

「怎麼今天的媽媽特別酷，特別帥。」

「會嗎？」聽到女兒的真心稱讚，雪莉倒也開心。上次女兒主動稱讚自己，已經記不得是什麼時候了。

如果要給今天自己與小音的互動打個九十分，雪莉心想，這倒是個很好的開始。每天忙進忙出，吸收老公與小女兒的負面能量，她其實好累，也好需要肯定，更何況是小音呢？

「開學之後，大概會面臨更多挑戰吧！不過，關關難過，關關過。」雪莉微笑地踩下車子油門，迎向市區的陽光。

07 尾盤暑假的掙扎

暑假的最後十天，邵翰與繪詩期待已久的美國西岸大學遊學行展開，兄妹倆一個有意願讀美國碩士、一個有意願讀美國大學，雖然家中經濟還無法一次供給兩人全額支持，但爸爸很堅持他們趁暑假出國走走。

「反正我一輩子也不可能去國外念大學，不關我的事情。」看著爸媽幫兄姐忙進忙出，一下買大行李箱、一下買防曬用品，小音難免覺得彆扭又羨慕。

「真煩！放假放得都慌了，忽然好期待開學呀！不想整天都跟家人關在家裡！」小音用電腦版的ＬＩＮＥ約了班上最要好的朋友亞碧，打算去看電影、喝下午茶。

「我要幫家裡顧店，晚上才有空喔！」

「沒關係，反正晚上比較涼爽！」小音也很豪邁地答應了。

亞碧是個理著小平頭的女生，衣服都穿哥哥姐姐留下來的中性過時款式，身高也比小音矮了一個頭，雖然外表跟班上那些對小音頤指氣使的漂亮女生不同，但亞碧卻總是散發出無憂無慮的光芒。

不過，因為亞碧段考老是包辦最後十名，小音的爸媽多年前就表明不希望兩人走太近。

「那個女生不喜歡念書，家裡又沒在管她，難保之後不會出事情。」記得連媽媽都這麼批評亞碧，但這只讓小音更為亞碧抱不平，更想好好親近她。

亞碧從沒煩惱過成績，小音為了數學考不及格而在座位痛哭時，比她整整低了二十分的亞碧總是氣定神閒地將考卷熟練地摺成一小張，塞進書包那深如黑洞的縫隙中。

「妳怎麼摺成這樣？不是要給爸媽簽名嗎？」

「我都口頭跟我爸媽說我考幾分，他們會自己把做生意的印章交給我蓋，反正真要他們簽也沒關係，我以後要繼承家裡的油漆行，學不會代數又有什麼關係呢？」亞碧每次的發言總是豪情萬丈又活在當下，讓小音羨慕極了。

開油漆行的亞碧一家人，雖在穿著上很節省，家中的擺設也很凌亂陳舊，但每到週末一定去高級餐廳吃香喝辣、看最新的電影，亞碧還有一台蘋果智慧型手機與新款平板，每次小音去她家找她時，都可以看見亞碧一家人在悠閒地顧店，滑手機的滑手機，玩平板的玩平板，看電視的看電視，平靜又自在。

「哪像我爸媽每次都假裝多關心我，其實都在找機會數落我、批評我！」小音悶壞了，這天也騎著單車到油漆行找亞碧。

亞碧體態臃腫的爸媽和善地對她微笑，邊吃著油膩膩的牛肉麵，邊看著吵鬧的電視新聞，亞碧則在雜亂貨架後方的洽公大書桌上，趕著暑假作業。

每當來到亞碧家看到這幅景象時，小音總會有種矛盾的感觸。

覺得他們家好吵好亂，相對於自己舒適的書房，亞碧竟然能在這種地方寫功課，實在讓小音難以想像。

「搞不好亞碧是因為沒有好好念書的環境，成績才會這麼差。而我呢！有補習、家裡環境又這麼安靜舒服，我真的該好好反省。」

亞碧全神貫注地寫著暑假作業，雖然只是凌亂地草寫，但她低眉的專注神情仍讓小音感到敬佩。畢竟店前的大馬路車水馬龍、爸媽電視聲又終日不斷，亞碧竟然能坐得住？

「搞不好，把我和亞碧的環境交換，亞碧會拿全班第一名呢……不過，也還好班上有亞碧，我才不用擔心自己掉到後段班去。」小音每次都為自己的這種想法感到可恥，畢竟她是真心喜歡亞碧，但又享受著「自己比她好」的心底優越感。

「哎唷！妳來了喔？幹嘛站在那邊看！也不叫我一下！」亞碧抬頭發現小音來了，露出開心的微笑。

小音羞愧地迴避亞碧的視線。

「抱歉，寫得太專心，根本沒發現妳來！我這就收拾東西。」亞碧低頭撿著桌上零星散落的寫字筆。她口中的「太專心」，對於小音這過動兒而言，根本是奢侈。

小音望著亞碧收拾紙筆的動作。那是亞碧媽媽在菜市場買的便宜貨，與小音五顏六色的日本品牌鋼珠筆品質完全不同，雖是如此，但亞碧仍很珍惜地將它們收到筆袋中，拉上拉鍊。

「妳暑假作業都寫完了嗎？」小音問。

「唉！還剩一堆什麼動植物週記的，還有一個環保劇本，麻煩死了……」亞碧回答：「那妳呢？寫完了嗎？」

小音都寫完了，但為了怕傷亞碧的心，還是回道：「還剩很多呢！很多作業根本出得一點意義都沒有，超煩的！」

亞碧拿了外出的背包，與小音一人騎一台單車，前往市區。買了電影票，但還有半小時才開演，兩人先點了爆米花，坐在接待廳的沙發上舒服地吃著。亞碧拿出平板電腦撥弄，讓小音感到很好奇，頻頻讚嘆。

「妳爸媽還是沒買智慧型手機給妳喔？來，借妳玩吧！」亞碧大方地將平板遞給小音。

「沒有啊！我想我這輩子大概別想用了。」

「講成這樣！想要手機，就努力考到前十名呀！先前不是有講好條件了？」亞碧說得很簡單，小音真希望事情有這麼好解決。

「嗯……」

「就努力看看啊！反正失敗也不會怎麼樣，但如果不去試的話，妳就真的一直沒有智慧型手機欸！這樣真的沒關係嗎？」亞碧純真的語氣配上嚴肅的眼神，總是這麼有說服力。

「覺得那麼努力滿累的……不過，我看我媽最近對我態度比較好，我可以私底下跟她說，這樣就算最後沒考到前十名，我爸也不會在那裡講些有的沒的。」小音總算做了個決定。

小音的手指在亞碧的平板電腦上撥著，翻到她這個暑假到處吃喝玩樂的照片，小音只有羨慕的份。

「妳看，妳爸媽都會帶妳們全家出門，我因為哥哥姐姐要讀書，時間都被補習、才藝綁死了，所以都沒什麼機會全家出去吃飯。唉！算了，就算出去吃飯，也是一直被爸媽拿去跟哥哥姐姐比較。」

「但是，妳不一定要用她們的方式想事情啊！妳又不是你哥哥姐姐的複製品！」亞碧不解地反問：「妳就做一些哥哥姐姐完全沒做過的事情嘛！看妳爸媽還怎麼去比較！」

小音消極地搖搖頭：「我做過的事情，她們都做過了啊！而且都做得比我好。」

「不，妳先前去學騎馬，不是做得很好嗎？妳哥哥姐姐有做過嗎？有做得比妳好嗎？」亞碧看著小音，有些不耐煩，但仍舊熱情地訴說著她的推論。「妳如果想

要停止比較，那就要做一些特別的事情……我不是要妳去做壞事喔！而是，天底下一定有什麼妳很喜歡的事情吧？」

「嗯……」小音落入大哉問中，想了許久。

電影快開演了，亞碧機警地隨著人潮起身。「小音，我還真羡慕妳，不管什麼事情，只要妳想學，一開口爸媽多半會出錢讓妳學……以前我喜歡上一個國中學長，想去學吉他、學滑板，我爸媽都說學那浪費錢……反正她們認為我只需要繼承家裡的生意就好。妳未來還可以煩惱著要做什麼，那我呢？反正就是繼承油漆行，所以什麼事都不用管，讀書讀不好也沒人為我生氣、為我著急。」

小音正想反駁，亞碧卻做了一個請讓我說完的扁嘴表情。

「妳知道嗎？我爸媽那天還問我：『妳過完暑假之後要升幾年級呀』？」亞碧眼中只有無盡的酸楚。

「我看，妳爸媽知道這件事一定會覺得很荒謬。」亞碧對小音說：「如果問妳爸媽，他們不但知道妳要升幾年級，連學校進度到第幾章、第幾課，考試範圍考哪些，他們都瞭若指掌吧？」

小音啞口無言，她沒想過，無憂無慮的亞碧竟然會這麼羨慕自己。

亞碧說錯了嗎？小音也不覺得。

「就……家家有本難念的經吧！」小音拍了拍亞碧的肩膀，即使亞碧的言論在她心底投下震撼彈，但小音仍做出一副無動於衷的模樣。

「亞碧，妳也別太難過，以後妳到了打工年紀，自己繳學才藝的學費就好了呀！」

「是沒錯，但我還得等到那時候欸！小音妳則不是，雖然沒有平板、沒有智慧型手機，但妳想學什麼就可以去，妳是個有夢想的人啊！在我看來，妳跟妳那兩個現在在美國參訪大學的哥哥姐姐一樣，是很幸福的人呀！」

大概是因為暑假放悶了，跟家人相處時間過久，也讓兩位女孩有了不同於以往的對話。在小音正沉澱思緒的這瞬間，電影院的燈滅了，開始播放預告片。

小音的視野陷入一片漆黑，隨後又亮了起來。大螢幕中的華麗配樂與陽光遍灑的大場景，讓她心海激動，波濤洶湧。

※※

步出電影院時，兩人討論著片中演員的對話。

「我覺得翻譯有些沒翻好，好像故意要翻得很好笑，所以有些地方怪怪的。」

亞碧率先提出這問題，兩人走向對街的餐廳，準備吃完義大利麵當晚餐就回家。

「我不知道有沒有翻好，只是，看到可以用英文對談的人，還是滿羨慕的說。」小音此話不假，記得先前哥哥準備英文演講比賽時，房間外總是可聽到流利的英語發音。姐姐也透過學校社團認識外國朋友，經常用視訊展開英文對話，這對最近才剛背好基礎文法的小音來說，實在羨慕極了。她總是抑制著自己不輕易去羨慕哥哥姐姐，但真的很難。

「也許，我也該好好學英文了。」這是第一次小音有這樣的想法。不是為了誰，而是為了自己能聽懂好萊塢電影用詞中的弦外之意。

如果像亞碧聽得懂幾句，分辨得出其中的差異，那追星也顯得更有意思了。

「明年就要升九年級了，我好像真的應該要積極一點。」一面與亞碧閒談電影中哪位配角最帥，小音卻覺得心底悶悶的。

她對自己真的很不滿意，那麼，為什麼不能再努力一點點呢？

「其實，從這次參加營隊的時候我就發現了……自我介紹說不出興趣、專長，我好像真的滿糟糕的。」小音用叉子攪動盤中的食物，卻吃不下。

亞碧認真地低聲回答：「我倒是覺得妳滿會打架的，體育也不錯，可惜妳沒有喜歡的運動。」

「運動流汗，真的很討厭啊！而且我又恨球類運動。」小音嘆息。

「可是，至少妳會烹飪吧？妳不是說，每次晚餐時間哥哥姐姐不是在外頭補習沒回家，就是躲在房間補眠，只有妳會幫媽媽做飯？」亞碧努力地替小音想專長，真摯的神情讓小音看了很感動。「好啦！今天的話題都這麼嚴肅，妳怎麼啦？」

「最近遇到了一個欣賞的男生……可是，覺得自己很差勁，對自己也沒信心，才體會到原來平常認真生活有多重要……」小音這才不好意思地說出心中的祕密。

「哇！有這種事！果然妳去了營隊就變了個人！什麼樣的男生啊？」

「唉呀！我們也不可能在一起啊！他年紀跟我姐姐差不多咧！不，搞不好大學畢業了，差了我快十歲，哈哈！只是把他當作偶像劇裡面的大哥哥喜歡而已啦！」

小音這才驚覺自己的幻想很可笑，連忙替自己的言論「消毒」。

「怎麼認識的啊？在營隊認識的？」亞碧好奇地追問，畢竟臉紅又支支吾吾的小音，實在太稀奇了。

想不到，就在小音與亞碧在餐廳一隅吱吱喳喳的同時，餐廳門口走入一個匆忙的黑衣男孩。棒球帽的帽簷下，看得出輪廓頗深，濃眉大眼。

男孩站在櫃台處，服務員也沒有幫他帶位的意思，看來只是要等外帶。

「那個男生滿帥的，快看。」亞碧因為座位正好面向櫃台，指著他要小音看，可能是兩個女孩的動作太明顯，男孩因此轉過頭。

「咦！路楷哥？」小音激動地喚出名字時，自己也不敢相信地摀住嘴巴。

「是小音嗎？」雖然一臉倦色，但路楷露齒笑開，主動往小音這桌走來。

「哇！真巧。妳和朋友出來吃飯呀？」

「是啊！亞碧，這是我營隊的輔導員哥哥——路楷。」小音彆扭地低下頭，連忙想著接下來的話題，又怕被亞碧發現自己臉上一陣燥熱。

路楷大方地淺笑，率先說明自己的來意。「我來這裡買飯給我爸媽，他們總是吃醫院附近的小吃攤，今天給他們一點不一樣的。」

時間已經八點多，難怪路楷看起來十分疲倦，一臉想趕著離開的模樣。小音這才發現，自己對路楷的生活一無所知，此刻也不知道該聊什麼話題才好。

反倒是路楷非常關心小音，眼神溫暖地注視著她。「小音頭髮變長了耶！現在已經快到肩膀了。」

「嗯……」小音尷尬地摸了摸髮尾，默默想著：「早知道就穿漂亮點出門。」

「妳也應該要開學了吧？對了，我們救國團還有九月的課表，有興趣可以來，我剛好帶在身上。我開學就會回學校上課，不會在救國團服務。」路楷從黑色背包抽出一疊DM給小音，但小音視線捨不得離開路楷的臉，只迷迷糊糊地收下。

「路楷哥你還在念大學？」亞碧眼睛發亮地問。

「是呀！我念台中的大學，今年大四。」路楷微笑。

「外帶義大利麵兩個好囉！」店員在櫃台探頭望向路楷。

「唉！可惡。」亞碧瞪著店員，又連忙擠出微笑朝路楷說掰掰。

「再見。」路楷望向率先道別的亞碧，又含著笑意看向小音。

直到他取過餐盒，付款離去，小音都癡癡地望著他不放，怕亞碧起疑，才忽然回過神，裝忙吃著盤中的冷麵。

「別瞞了，我都看在眼底了，原來是喜歡上救國團的哥哥呀！」亞碧賊賊一笑。「但是他真的很帥欸！又這麼關心妳！」

小音聳聳肩，故作鎮定。「我又沒說我很喜歡他。妳也聽到了，寒暑假他才會在，大概就這樣了啦！」

「嗯！大學生回鄉來打工，學期開始了就回去念書，很正常啊！」亞碧也故作成熟地緩緩喝著飲料。

小音望著厚厚的ＤＭ發愣，即使之後看不到路楷哥，但他的好意，小音知道自己會好好收下。

這個夏天真的很神奇，她第一次這麼期待開學、期待好好安排自己的生活，而不是只有被動地接受父母塞給她滿滿的功課，學習她那些永遠贏不了哥哥姐姐的東西。

08 返家迷航

回家之後，小音上臉書回味著夏令營拍的照片。恰巧也看到哥哥姐姐在美國參訪的即時更新。

「今天來到柏克萊大學！圖書館太美了，在這裡讀書好幸福！每走一步路，都與輝煌的歷史擦身而過！」

邵翰在臉書上發佈他穿梭於校園英偉古蹟之中的照片，難得看到哥哥這麼激動，小音也不禁感染了幾分興奮。

「當初，其實我也想跟哥哥姐姐出國看看的……但爸爸說我去了也是浪費錢，又會干擾哥哥姐姐，就沒讓我去了。」小音沒忘記那天家裡吵了一架，即使哥哥姐姐與媽媽全都站在自己這邊，但被爸爸一口回絕道：「我出錢的，由我決定！你們一個人出去這趟都要花十萬，小音的費用我暫時拿不出來！等小音以後真的對讀書有興趣再說！」

「我對讀書也不是沒有興趣呀……」回想起爸爸的話，小音無奈地翻著書上的紙頁。這年頭的補習班老師都很優秀，早已把新學期的重點課程整理在暑假班，小音也囫圇吞棗地上了一些。

「至少，我已經比以前願意念書了……」

面對接下來的開學，她真是既期待又怕受傷害。想了想，目光再度從課本上飄走，移回桌前的電腦螢幕。

忽然間，小音有了個想法。

「媽媽……」

「怎麼了？」準備就寢的雪莉正往臉上塗著開架式品牌的乳液，自從孩子接連出生後，她就只改用平價商品至今。每晚入眠前塗塗乳液、擦擦保養品，就是她最紓壓的時光。

雖然被女兒叫來，但雪莉臉色和緩，帶著微笑。

最近媽媽笑容變多了，即使不知道她是不是刻意的，但小音覺得自己更喜歡這樣的媽媽一些。

「媽，可以請妳幫我一起把電腦搬走嗎？」

「搬走？搬去哪？」雪莉訝異地問：「這不是你的房間嗎？」

小音低著頭回答：「嗯……我想把電腦搬去書房。」

「但妳平常都不在書房做功課的嗎？」

「因為書房的牆壁有一大片落地窗，每次我寫功課都有人從旁邊走廊走過去，有時候還會覺得爸爸偷偷看我有沒有用功，這種感覺不太好。而且書房都聽得到哥哥姐姐進出房間的聲音……我想，還是在我自己的房間讀書比較好。」

雪莉當初不讓小音在自己房中作功課，最主要還是怕她偷懶，從外面不方便監督她念書。但如今她提出這樣的要求，雪莉倒覺得值得一試。

「所以，妳覺得在書房用電腦比較不怕被打擾嗎？」

「因為我打電腦多半是上網休息、看影片、跟同學聊天，不需要很專心，在書房就可以了。」

雪莉低眉想了想。「那遇到要用電腦打報告的狀況，媽媽就幫妳把書房落地窗拉上窗簾，或者用筆電借妳回房間打，這樣可以嗎？」

「好。」

雪莉溫柔地撫了撫女兒的頭。「小音很棒，願意跟媽媽討論，而且也會自己想營造一個適合讀書的環境。」

「幹麼這樣啊……噁心，害我起雞皮疙瘩了啦！」小音雖然別過頭，摸著電腦延長線裝忙，心底卻開心得不得了。

母女倆收拾電腦主機、鍵盤、喇叭等線材，前往書房安裝。因為書房的大木桌上堆了一堆爸爸公司的資料，雪莉便暫時把資料整齊地裝箱，收到桌子下方。

小音也拿抹布把房間書桌堆積已久的灰塵擦了擦。桌子潔淨不少，寬敞的桌面空間也放得下多本作業、補習班講義，一目瞭然，讓人心情清爽多了。

試著坐在桌前翻書，把這兩天要念的進度都攤在眼前，找出指定頁數貼上便利貼，又將教材一本本疊好，小音感覺心情踏實了不少。

雖然會不時分心，眼睛往上移，但現在看不見電腦，手邊也沒鍵盤滑鼠可以摸，即使念得再無聊，還是只能讓目光移回書本。連續訓練了幾天，小音倒也習慣了。

「雖然這樣子就沒辦法掌握小音念書的時間，但她光是願意為自己設想，就已經是一種進步了。」雪莉望著緊掩的小音房門，安慰自己道。

※※

週日晚間七點，雪莉開車載小音去機場，迎接歸國回來的爸爸與哥哥姐姐，他們穿著輕便的短袖短褲、步姿悠閒，但歷經十多個小時的飛行，臉上卻也寫滿疲倦。

「哦！我可憐的小女兒。」爸爸春風洋溢，心疼地給小音一個擁抱，讓她嚇了一大跳。「這次沒讓妳去真的很對不起，以後妳如果有興趣，爸爸也會讓妳跟哥哥姐姐一樣，去見識、見識。」

「我們這次都覺得小音沒一起來，真的很可惜。一路上還一直罵爸爸偏心呢！」繪詩對妹妹微笑。

「爸爸一到國外，整個人就變得『超嗨』，看來是壓力太大了，終於不用去上班，他根本轉性了。」邵翰望著緊摟小音的爸爸挖苦道。

「嗯！謝謝爸爸。」小音推開爸爸的擁抱，雖然聽到爸爸心底仍有她，多少有些開心，但她總覺得等爸爸回到工作崗位，結束渡假心情後，一定又會罵她不長進，讓整個家裡烏煙瘴氣的。

「小音，爸爸還幫妳買了海豚文具組，讓妳更有讀書的心情喔！妳最喜歡海豚了，對吧？」

「謝謝爸爸……」小音不想糾正，但其實她最喜歡的是圓滾滾的海獅，從來就不是一臉聰明的海豚。海豚長得像她哥哥姐姐，天生就很會讀書、表演才藝又積極，而小音呢？總想慵懶舒服地過日子……

搬好一箱箱的行李，一家人終於準備返家上路。

「這麼累還開車，你可以嗎？」媽媽問爸爸。

「可以，當然可以！」爸爸開啟廣播收音機，正值週日晚間，天正要黑，國道上充滿人潮。

車內的大家能清楚看見幾乎靜止不動的國道車燈。

「唉呀！這樣回到家不知道都幾點了。剛剛廣播又說南下有事故，等排除至少也要半小時以上……我們別上高速公路了，走快速道路吧？」爸爸方向盤一轉，往機場南方的郊區駛去。

「視線不好，你也累了，我把語音導航開起來吧！」副駕駛座的媽媽伸手碰著觸控螢幕。

「唉！多此一舉。我以前在桃園廠區跑過很多次，這裡的路我很熟。」爸爸先是豪爽地回答，但開沒二十分鐘，視線就開始依賴一旁的導航螢幕了。

語音女聲平緩地在家人們的睡意中響起。「前方八十公尺右轉。路線重新規劃。」

爸爸眨了眨沉重的眼皮，這才回過神來。「什麼鬼東西啊！為什麼又重新規劃！」

「別這麼大聲好不好！快被你嚇死了！」從熟睡中驚醒的邵翰嘆了口氣。「還不是因為爸爸你錯過路口，導航才會重新規劃，又不是第一次用了……」

「還沒到家嗎……都快八點了欸！我很想上廁所。」連一向好脾氣的繪詩都在時差中露出了不耐的神色。

「剛剛應該吃晚餐再上路。沒想到一個多小時的車程，開到現在都還沒到。」

媽媽也不禁說了喪氣話，這讓爸爸更加不爽。

「你們都不要抱怨了！我還要開車，你們只管睡而已，是有什麼好叫的？」

「媽媽，我真的、真的非常想尿尿，妳陪我在附近下車好不好！」繪詩漲紅了臉，模樣非常可憐。

「好吧……唉！這都是大馬路，等爸爸開車找找看附近有沒有加油站……不然的話，樹林也可以。」

「用手機地圖查過，這附近已經是龍潭郊區，沒有加油站。」邵翰尷尬地望著繪詩。「妳只能去樹林了。」

要是十分鐘前，繪詩才不可能答應去樹林小解，但現在也沒有選擇的餘地了。

「真煩……好啦！我找樹林就是了。」

荒郊野外，不可能毫無綠樹生長，雪莉拿了一件大毯子下車陪繪詩擋風。

「小心不要遇到什麼『魔神仔』喔！路邊尿尿很危險的！」邵翰故意開玩笑道，被小音制止了。

「姐姐是真的很不舒服，不要講那些了啦！」小音阻止道。

隨後，邵翰與小音都不爭氣地加入了路邊小解的舉動。

明顯偏離道路的後果，讓一家子又餓又累。然而，再度上車之後的半小時內，爸爸再度迷路了。

「什麼爛導航……」

繪詩與邵翰在後座睡得昏昏沉沉，雪莉也不禁從打盹中驚醒。「等等，導航說要穿過這片森林嗎？」

「對啊！等回到快速道路就可以回家了，還不是剛剛孩子說要尿尿……」爸爸一面罵道，一面調轉方向盤。

他們駛近了漆黑的林蔭中，小音因為還在服藥，本來就不容易入眠，此刻也只是撐著脹痛的頭望向窗外，默默幫忙看路。

「等等！不要開了！」媽媽忽然猛聲叫道，見爸爸還在踩油門，雙臂急忙扯住他肩膀。

「咿咿——」劇大的煞車聲響起，全家人嚇出一身冷汗。

車子的前方，是一處低窪的山坡。

爸爸再執意開下去，恐怕現在已在陡坡的巨岩上翻車了。

「混蛋！導航視窗這裡顯示灰灰的，我還以為是路！」

「是有路沒錯啊！」哥哥揮去一身冷汗。「但比我們低了一百公尺。」

「怎麼會這樣規劃，又不是空中特技……」繪詩撥整一頭亂髮，傻眼地說：「我還以為要死了……」

「爛導航！我關掉不看了！」爸爸惱羞成怒。

就在此時，視窗下顯示出一排小字，寫著「不規避收費路段」。

「雪莉！妳搞什麼東西！應該要選規避收費路段才對啊！原來導航一直叫我上高速公路，而我一直想走快速道路，這根本是不一樣的事情，難怪轉來轉去都還回不了家！」

爸爸炮轟媽媽，畢竟方才是因為高速公路塞車，他才會想走快速道路回家。

「不要罵媽媽啦！你自己也說你很熟，結果還不是依賴導航！」繪詩與小音連聲勸道。

「那現在呢？」邵翰問著。因為沒了導航，車內恢復一片沉悶死寂。

爸爸小心翼翼地走出車外查看，隨後緩緩倒車。

「我們先離開這片樹林再說吧！」爸爸猛踩油門，眼看時間已經逐漸走向八點，大家都心焦力瘁，小音望著外頭彷彿永無止盡的樹影。

「爸爸，好像不是走這邊，我們現在又往北了。」

「為什麼？」

「剛剛我們下車上廁所的時候，我有注意到樹邊和石頭底部的苔蘚位置，因為苔蘚很潮濕，都偏北長……所以我們現在又往回走了，這是不對的，我們應該要往南才對。」小音冷靜的言論，讓一家人大感驚訝。

「什麼苔蘚……有這麼可靠嗎？平常誰會去注意那種東西。」爸爸碎碎念道。

「還有，從桃園機場出來的時候，天剛黑，所以太陽的位置已經在西邊，我們那時就往北開了，但又一直沒繞到對的路，才會一直停留在龍潭這一帶，連新竹縣都還沒到……」小音雖然想抱怨，但仍舊忍住了。「你如果不相信的話，也可以現在下車去看樹木的年輪，找那種獨立生長的大樹看的話，會發現年輪比較窄的那面，也指向北方。」

「好好，我就信妳一次。反正現在也沒別的辦法。我只是想趕快找到大路回去！」爸爸暴躁地將方向盤調轉，一旁的繪詩與邵翰則用敬佩的目光望向小音。

「果然去夏令營學到很多欸！」媽媽回過身對小音一笑。

小音雖然有些開心，卻笑不出來，滿腦子還是期望爸爸能由衷地相信她，如果能誇獎她幾句，那就更好了……

五分鐘後，爸爸開上正確的往南道路。

「對了，這樣就對了。真是好險。」爸爸望著前方，喃喃自語。

「要不是小音，我們現在還在森林裡呢！老公。」媽媽注意到小音的心情，想引導爸爸出言誇獎她。

「嗯！沒想到小音知道這種冷門的知識，而且，她那種腦袋竟然還背得起來。」爸爸語氣中充滿不可思議，讓小音有點受傷。

「我不是故意背的，是自然記起來的……」

「隨便啦！能派上用場就好，不然繳這麼多學費，真是白繳，根本都沒有回收到。」爸爸點頭說道，神態有些不耐煩。

車內的氣氛，恢復沉悶。因為駛上正確的路，一路看見指標上的文字都符合預期，一家人終於放心了。小音也聽著哥哥姐姐均勻輕柔的熟睡聲，緩緩閉目養神。

「很多知識不是死背書考高分就好，像小音這樣透過實作和活動去記憶，也很好啊！而且很實用呢！」睡夢之際，小音還聽得到媽媽努力向爸爸爭取認同的溫暖話聲。

「嗯！以後可以再讓她多學點。」爸爸回話道，雖然看不見爸爸讚賞的表情，但小音很高興自己方才勇於說出心底的想法。

「其實，我在開出桃園機場那段路就想說了……可是爸媽都這麼相信導航，一定會罵我……」內心有些委屈，但小音也因為這次的事件多了點勇氣。

好姐妹亞碧說的沒錯，根本不該拿哥哥姐姐來與她比較。每個人都有自己的興趣與專長，才能在這些基礎上發揮自己的優勢。

「哥哥姐姐沒學到的，我學了，也學以致用……往後我也要這樣，去做一些哥哥姐姐不會的事情！讓爸媽知道我也很棒！」小音默默許下願望。

大概是天意，她摸了摸自己的背包想補充水分，手指卻接觸到一疊硬硬的DM紙。是先前在餐廳巧遇時、路楷遞給她的新學期課程。其中，有一門與市立體育館合作的課程，吸引了小音的注意力。

09 學期新嘗試

裸著的雙腳一前一後，不斷在木地板上往前擦動。如此制式化的舉動，讓小音的腳皮不斷摩擦，膝蓋也彎得很痛。

但小音不怕辛苦，也不怕難。這只是她第二堂劍道課而已，還需要練習劍道的基本功步伐——「送足」。

「重心別忘了，注意雙腳移動時的比重。等等我們還要練『繼足』、『開足』，大家要專心學！」一頭灰髮、表情肅穆的總教練盯著每位新進學員。

身旁的助教高聲問：「怎麼不回答！」

「是！」學員們扯著嗓子表現出鬥志，小音也喊得特別大聲。劍道是室內赤腳運動，教練要等到第五周之後確定學員們有心留下，才要給大家登記買竹劍、木刀和道服。在那之前，新報名的學員只能穿著普通的短袖短褲練習基本動作。

小音望著場館上另一端，身著藍、黑與白道服，相互舉劍廝殺的學員，很羨慕他們已能穿道服配全副護具。

「這就是舊梯次和新梯次的差別呀……應該早點來報名，好想趕快進步啊！」

「注意力去哪了！重心都不對！」邱教練焦急地跑向小音。

助教低聲對小音說：「不要怪教練對妳嚴格，這群女孩子裡面，就妳手腳最長，未來的攻擊範圍也最廣。基本功好好鍛鍊，將來會進步很快。」身材矮短的助教叔叔，也對大家強調劍道是很重視身材與先天條件素質的運動。畢竟它不像球類運動講求團隊合作，也無法透過高級的運動鞋與裝備來加強耐受力，若還不願苦練基本功，將來只有一路輸的份了。

小音一開始覺得教練與助教真是又嚴苛又悶，比自己爸爸還誇張。但時間一久了，倒也覺得邱教練特別器重她，雖然人前要求特別多，人後卻常對小音慈藹叮嚀，也不時會鼓勵她做得很好。

課程的最後半小時，正值週六傍晚，小音練得出神，滾燙的汗水從馬尾髮根滲下，壓根兒沒發現，道館門邊已來了一群關心的家長。

雪莉、文文媽與家豪媽正站成一排，關切地凝視著場館中分組帶開的孩子們。文文媽身邊跟著內向的文文，長髮披肩，衣著有些過時。她沒什麼自信，見到雪莉與家豪媽只是低著頭淺笑，並不主動看人，也不加入家長們的任何對話。就連文文媽提到她，文文也毫無表情。

「我們家文文對劍道沒興趣，不像雪莉，一聽到家豪練劍道對成績有幫助，就來報名了。」

雪莉不知道文文媽說這話什麼意思，連忙笑著解釋：「不，我女兒暑假是先去從事其他戶外活動，這次開學找週末課程時，她堅持也要找一個運動類的，又不能是她討厭的球類，因為她討厭團隊合作，哈哈！恰巧看到課表上有劍道，說這是哥哥姐姐都沒學過的，她一定要來學。」

「很好呀！我們家豪當初是看了漫畫才想學的。」家豪媽自信又感恩地望著場上揮劍奔馳的家豪。

「我那小胖子，平常在學校都很畏縮，穿了道服、戴上面具卻有自信了，盡情在裡頭嘶吼，很紓壓的。瞧他走路也抬頭挺胸的，真好。劍道這活動，不只訓練孩子專注力，還能美姿美儀呢！」家豪媽瞇眼笑著解釋道：「以後練習時段類似，有雪莉媽陪我聊天，我真是開心死了。」

「我也開心，小音每次上課回來，心情都特別好，運動真的對她很有幫助呢！我想再幫她報名週三的加強班，讓她不只週末能練，週三也能小練一下，一吐在學校的悶氣。」雪莉與家豪媽聊得開心，這才發現冷落了文文。

雪莉話鋒一轉，對著文文微笑。

「那文文呢？聽媽媽說，妳最近在學手作？」

「嗯！」

「是什麼樣的手作呢？」

「很普通的手作。」文文低頭用含糊的音色說。「不好意思，我要去洗手間，這裡太吵了。」

「我陪她去。」文文媽立刻如鯊魚般，緊緊尾隨在文文身後。

「唉！文文媽讓我壓力好大，她為什麼硬要跟我們來呀？本來是想接完孩子一起去吃下午茶的。」家豪媽做出苦笑搧風的姿勢，表示自己也需要透透氣。

「文文媽應該很關心我們的孩子吧！不過，文文那麼文靜乖巧，似乎也沒有注意力的問題，我倒覺得她是我們孩子中狀況最好的，文文媽應該放輕鬆點才是。」雪莉回答。

其實，她也不愛文文媽今天忽然在LINE上說要跟來的舉動。本來是想好好和

家豪母子去吃下午茶，輕鬆一下的。

但文文媽就像龍捲風一樣，強勢又讓人尷尬。光是在她旁邊都讓人很緊繃，何況是女兒文文，還得長期與她同住一屋……雪莉真無法想像。

「是說，為什麼文文媽要帶文文來呀？她對劍道沒興趣吧？何況今天不是週末嗎？為什麼非要母女綁在一起行動不可……」家豪媽對文文媽有滿腹怨言，有機會就對雪莉傾吐。

「搞不好她等等就會告訴我們了呢！」雪莉頻頻望著廁所方向，可不希望文文媽忽然在她們嚼舌根時出現。

「謝謝老師！」道館的各角落，個別練習的不同梯次學員，都紛紛傳來下課時的鞠躬感謝聲，讓人感受到濃郁的日式精神。

不論是否有資格拿劍、穿道服，孩子們一批批離開道館時，也會像報到時一樣對著道館內部的國旗與道館匾額，鞠躬敬禮。

「劍道是很有深度的文化，家豪現在對我講話也比較知道禮貌感恩……很少大吼大叫了，大概是在劍道場上都叫完抒發完了吧！仔細一比，跟以前真的有差。」

家豪媽小聲地炫耀完，迎上前拿毛巾與水給兒子。

「謝謝媽媽。」家豪輕聲一回：「我還要換衣服、擦澡，沒這麼快喔！十分鐘可以嗎？」

「可以啊！」家豪媽點點頭。

「謝謝，我先去了。」

「看吧？」家豪媽對雪莉得意一笑，雪莉也在一旁拍手。

雖然小音的改變還不如家豪這麼明顯，但母女倆談到劍道時，小音總會自己說得很開心，眉飛色舞的，這是平常談論校內成績時看不見的神情。此外，運動量提昇、念書時間被壓縮，連帶也讓小音意識到自己沒時間胡鬧，必須把握僅剩的念書時間，成績雖還沒提昇，但作業的完成速度已經進步許多。

「媽，妳竟然這麼早來，我就跟妳說六點再來呀！」小音練習出了神，這才才發現雪莉已經到很久了。

「沒關係呀！妳先去洗洗腳穿鞋吧！我們等家豪，十分鐘內就要走了。」

小音朝家豪媽點了點頭，也提著鞋子往盥洗室走去。

「唉！還在想，廁所怎麼一下湧進這麼多人，原來是下課了。」文文媽推了推粗框眼鏡。

雪莉問：「文文呢？」

「說假日花市有同學，接了手機就去找同學了，整天只想玩，這孩子！」文文媽埋怨道。

「別這麼說，孩子有人緣是好事，就是因為週末才要放鬆呀！文文媽妳也放鬆一下，跟我們去吃下午茶吧？」雪莉堆起笑臉勸道。

「不了，今天帶文文是想讓她看看劍道，不過好像也挺無聊，打打殺殺不適合我們，搞不好會越學越暴力，我還是先走了。」

文文媽說完刻薄的言論後，不開心地踩著高跟鞋離去，留下雪莉與家豪媽面面相覷。

「劍道是習武、練心兼養氣，那女人什麼都不懂，竟然胡說一通就走了。」眼看家豪媽又要氣起來，雪莉只好安撫她，把話題移到待會兒要吃的下午茶餐廳上。

小音跟在肥壯的家豪身旁，比同齡男生發育還高上半個頭的小音，與家豪只有幾面之緣，家豪雖然話不多，但挺有禮貌的，只要小音起頭的話題，雙方都能聊上幾句。

「我剛剛看你們很帥欸！已經可以戴護具了。」小音嚮往地說。

「是啊！戴護具會流更多汗，冬天暖身子、夏天減肥排毒，一舉數得啊！」家豪談到劍道，神采飛揚。

「哈哈！我媽也對我很好啦！很多學員還只能穿道館的共用護具，我已經有自己的護具了，一萬多元我媽毫不猶豫，要她給我買隻五千元的國產智慧型手機，她倒是考慮了一年都不答應呢！」

「我媽也是！」小音說完，和家豪相視苦笑。

「我在想要不要跟我媽講條件……如果我段考進前十名，就請她買智慧型手機給我，但要是被爸爸知道……萬一我失敗了，他一定會笑我。」

「不能只讓媽媽知道嗎？」家豪搔搔頭。

「我媽沒有工作收入，跟我爸拿錢時，還是會被他知道。」小音想到爸爸的酸言酸語，連開口爭取的勇氣都沒有。

「不，等到真需要拿錢時，表示妳已經考到前十名、可以買手機了，這時讓他知道就沒關係了！」

「也對欸！哈哈哈！」

到了甜點店，運動過的孩子雖然較坐得住，但家豪與小音還是拿著店裡的可麗餅與聖代跑到中庭花園坐著吃，兩位媽媽則待在室內的沙發區。

原本擔心家豪與小音相處機會不多，沒什麼共同話題，但看到他們一搭一唱的陽光身影，雪莉也較為放心了。

「對了，這是我最近在看的書，借妳拿回去讀讀，也可以給妳老公讀！」家豪媽眼睛發亮地從帆布包中拿出一本親子教養書。「這本書是走北歐思維，用瑞典家庭舉例，比起亞洲父母老想著『我要教出多優秀的孩子』，瑞典爸媽是想『孩子想要什麼樣的父母』？」

「聽起來很棒欸！這也是這半年來想到的……以前的我，老是因為功課對小音大呼小叫，每天看到她，十句話有九句都是指正、批評，口氣還很差……我想孩子不可能喜歡這樣的媽媽，也努力提醒自己不要這樣。」雪莉鬱悶地吐了口氣，繼續說：「先前我在雜誌上讀過，瑞典的小學教育不重視排名與評比，每天多是活動式教學，勞作、創意、工藝、演戲、畫畫，以及各種遊戲和戶外活動，他們要到十二歲才會拿到人生中的第一個正式分數呢！當時我覺得嗤之以鼻，後來想想，我的女兒正是被評比害慘了呀！經過這個暑假我送她去營隊、體驗各種戶外活動，她才真的對自己有了信心，也喜歡上學以致用的感覺。」家豪媽猛點頭。

「可不是嗎……以前我也好愛拿家豪跟其他親戚的孩子作比較……從誰比較快學會講話、學會跑、學會ＡＢＣ，一直到前陣子，我還是在比。但過度的比較，真的對孩子殺傷力很大，特別是孩子本身就不擅長的領域……但現在家豪有了劍道，我也不想反過頭取笑那些不會運動的孩子呀！每個人的人生都不一樣，這麼一想，就覺得以前好無聊啊！」

「不要緊，我們把自己弄得忙一點，就會少了很多胡思亂想的時間。」雪莉燦爛地笑著，舉起果汁杯與家豪媽互敬。

「說到這個……妳上次送我的防燙手套實在作工太美了，朋友們問我在哪買的，我都很難回答。妳從少女時期就很喜歡縫紉手作，婚後還能維持這個興趣，真的很不簡單。」家豪媽指的是雪莉的手作嗜好。

不過，雪莉能動手縫紉的時間與心情都很有限，每個月有一次能坐到自己的書桌前忙這些小興趣就不錯了。

「唉呀！妳太客氣了，上次我做這些的時候，還被我老公罵說：『有這種閒工夫，怎麼不去幫小音看功課』！」雪莉委屈地對家豪媽吐了吐舌頭，唯有在好姐妹面前才能有這種親暱抱怨的舉動，也讓她舒緩了不少怨氣。

「妳老公這樣說就不對了……我借妳的那本書裡面，也有提到一件事，瑞典爸爸從不覺得教養小孩與做家事是『幫忙』，而是『義務』，是應該的！哪像台灣男人多半覺得下班後陪孩子是施恩一樣……妻子非感激涕零不可。」

「妳家還有感激涕零的機會，我家是連『幫忙』都不願意。」雪莉想起自家老公，總是頭痛，但因為是與朋友難得見面，她也不好意思再抱怨下去。此時，小音帶著真誠又怕受傷害的神情緩緩走回桌邊，家豪則用鼓勵的眼神對她點頭。

「媽……我跟妳說一件事。」

「什……什麼事？」

「我一直有一個想法，請妳不要笑我。」

「傻孩子，媽媽怎麼會笑妳呢？」雪莉對家豪媽苦笑著，要小音坐回沙發上。

小音雖然有些吞吞吐吐，將段考名次與智慧型手機的要求說了出來。雪莉緊咬下唇，知道女兒會挑外面場所講，一定是因為在家裡說會給她更尷尬、更容易被拒絕的印象。然而，雪莉並不認為小音能從中後段一次進步到前十名。她想著該放寬規則好讓女兒建立信心，還是一口回絕，讓女兒知道自己該腳踏實地？怎麼樣都很難啟齒，雪莉想了想，不想辜負家豪媽與家豪充滿期待的善良眼神。

「當然可以，媽媽聽到妳這麼說真的很高興！我們回家就挑一支六千元以下的手機，妳好好選一選再告訴我。」

「媽……」小音與家豪又是擊掌，又是露齒而笑，興奮得說不出話來。

「家豪，你也可以訂個目標好好努力，我們可以回家再商量。」家豪媽媽不想讓兒子有羨慕的空洞心情，便如此答應。

小音心想，跟朋友一起出來真不錯，媽媽變得好說話多了。

只是，她沒料到，接下來努力拼前十名的日子，會如此艱苦。

10 高分難為

又重新將頭髮剪短已經好幾天了，為了節省練劍道後的沖澡時間，小音倒覺得俏麗清爽的短髮最適合自己。

剛回到家洗完澡的她充滿精神，邊吹著頭髮，邊望著浴室外置物櫃的藥罐。

上次換藥以來，她每天減半服藥，從上週一開始，雪莉終於也認為小音不用再繼續吃了。

「我們先靠運動和作息調整，媽媽也會多研究一些營養的食譜，這些藥終究還是需要被身體代謝出來……既然沒有明確的效果，就別吃了。我們漸進式減藥已經一個月，可以停了。」

小音暈眩、耳鳴和失眠的情況也改善不少，但她傾向認為這是運動的功用。就算在學校不夠順心，下課也會跑到道館練個半小時一個小時。教練很喜歡她俐落的高個兒和熱血的態度，以至於小音已經能加入比她早兩個梯次的進階班。

自從能拿劍、穿護具之後，原本畏懼打鬥的小音也體會到廝殺的快感，經常用電腦與家豪聊天，分享劍道的資訊。

「小音，這是我最近在看的世界盃劍道影片，還有這個影音頻道會更新教學，妳也可以在家對著鏡子練習，等幾個月後我們練好劍形，就一起升初段吧！」

劍形又稱「劍道形」，是一連串攻守交替的招式，需要考驗背誦能力、專注力與一定程度的劍技。

小音已經在默默練習劍形第一式，劍道最忌浮躁，只要心情不穩或者急躁，都會反映在劍身角度與力道上，也會讓小音更挫折。

「只要靜下心，就會順利，就會有好事發生。」小音總是一面冷靜地吐納吸氣，靜下心才練劍。如果在網路上為了偶像劇留言區底下的網友言論生氣，她也會抓起劍，在書房或者自己房間做揮劍練習。

「哇……好帥。」一開始還能聽到哥哥姐姐從房門走過時的驚嘆，但久了，小音早已無心分神，只將注意力放在每個動作與思緒上。別人怎麼想，她也不在乎。

「如果分心，只會花更久時間完成，更痛苦。」練招式是如此，寫作業也是如此。自從把電腦移到公用書房去之後，小音關起門用功的效率也變好了。

「畢竟一分心，也還是只能對著滿桌的作業簿、講義、課本、評量測驗，沒手機又沒電腦玩……那還不如咬牙一本本把每天的進度解決了！」

小音雖然仍常常每十到十五分鐘就想起來上廁所、摸東摸西，但她學會深呼吸，打開小型音響放一兩首歌休息一下，再逼自己回座位。

不料，她以為這樣就能讓成績突飛猛進，小考的分數卻總是起起伏伏。

「這次我比較有把握了，數學雖然不用擔心會不及格……但要考到前十名，數學至少也得拿個七十分才行，再靠其他科目考高分來拉平均。」望著上學期的排名表發呆，小音感到很挫折。

萬一這次失敗了，怎麼辦？

小音甚至不敢告訴哥哥姐姐自己想考前十名。開學後，上大學的繪詩也忙社團沒空回家，只能偶爾透過ＬＩＮＥ關心妹妹。

繪詩的關心不是「最近學校還好嗎」這類空泛的問候，因為她早就知道媽媽總是這樣問小音，帶給她很多壓力，因此，繪詩多半是從小音喜愛的事物下手。

「快點介紹偶像劇給我！最近開會小組員都遲到，我要看劇打發等他們的時間！」今晚，繪詩也跟小音聊著、聊著，才把話題轉到小音身上。

「壓力很大嗎？今天開不開心？」

「數學小考今天才六十幾分……真希望可以考到七十。英文的選擇題每次都刪到最後兩個選項，但還是選到錯的。」

小音雖然總算把基礎文法記起來了，但還不太會學以致用。閱讀和聽力也非常弱，雖然試著每周聽趣味兒童廣播劇，但終究進步有限。

「英文的話，光碟要天天晚上睡前聽，即使很想睡覺也沒關係，反正音響播完就會自己停了，妳睡著記得關燈就好。」繪詩認真地建議道。

「我一聽到英文，的確是會很想睡。」小音不好意思地打字回覆姐姐，決定今晚就這麼做。

晚間十點，功課都終於做完了，爸媽到奶奶家探病，不到十一點是不會回來的。小音晚餐只隨便吃了一下，於是走到廚房去翻翻冰箱。

「我有買鍋貼回來，本來是要當宵夜的，妳就拿去吃沒關係。」邵翰也剛走出房間，瞧他一臉輕鬆的模樣，一定是溫習好所有科目了吧？

「真幸福，明天只有三科小考……要是天天都考五科，我真的會瘋掉……」高中學業的壓力讓邵翰臉上總是長著痘子，今天難得看到他露出微笑，小音也感到很開心。

「哥哥……你真的很辛苦。」

「還好啦！習慣就好。」邵翰也很意外小音會心疼自己，畢竟小音平常聽到邵翰講起學業的事情總是敬而遠之，眼神自卑中又帶著幾分嫉妒，講話還常酸言酸語，讓邵翰經常不知道怎麼回應。

邵翰從沒認真想過背後的原因，直到今天。

小音喃喃地說：「唉！我不敢想像，我以後念高中時的狀況……我一定還是會考很爛，也不可能像哥哥一樣考上很好的學校……」

「是誰這樣說的？」邵翰有些生氣，小音便不敢回答了，靜靜地拿了鍋貼，想躲回房間吃。

「是爸媽這樣跟妳說的嗎？」

「沒有，是我自己這樣覺得的。」小音低下頭，想掩飾自己的紅眼眶。「因為……我現在連念個數學、英文，都覺得好累……」

「等一下……」邵翰壓低了聲音，輕輕拉過小音的肩膀。「鍋貼還沒微波吧？

妳等熱好了再走。」

兄妹間維持了十秒的沉默，小音無奈地等著微波爐中的鍋貼，只覺得自己亂說話，把哥哥方才的好心情搞糟了。

「小音……」邵翰用沙啞得近乎哽咽的聲音開口時，小音這才發現，哥哥竟然哭了？

「小音，我跟妳說，爸媽罵妳的那些話都是氣話，妳不要當真了。在我念國中時，他們也都是用威脅詛咒的語氣逼我念書的。尤其是爸爸。聽好，只有妳才能決定自己要怎麼過每一天，不管是國小、國中還是高中……甚至之後的日子都一樣。妳一定要盡全力讓自己不後悔，即使真的不行，也不是每個人都非得念書拿高分不可。妳只要過得開心，那就比什麼都重要了。」

第一次被哥哥輕輕抓住肩膀講這些話，看見哥哥眼底深沉的淚光，小音驚呆了，懵懵懂懂地點著頭。

「小音，其實我喜歡念書，喜歡把東西背完、搞懂的感覺，這種感覺沒有人可以給我，只有我自己努力才做得到，我也喜歡看到成績飆高，那種感覺很像電玩破關，很開心。所以，我是為了讓自己開心才念書……但是，有時候看到爸爸，進了夢寐以求的大公司卻天天生氣罵人，我還真怕我自己像他一樣。」邵翰緩了口氣，這才發現情緒潰堤，擦了擦眼淚。

「而且，我真的很討厭聽到爸媽念妳罵妳，我相信姐姐也一樣，為什麼要讓那種負面情緒和噪音充斥在這個家呢？我把房門關起來，不是討厭妳，而是討厭爸媽那樣……媽媽最近是改變很多，但爸爸那種死樣子……算了，跟妳講也沒有用，因為這也不是妳的錯。」

小音想道歉，但又知道自己不該道歉。畢竟哥哥都說了，不是她的錯。

小音這才發現，原來哥哥是站在自己這邊的。

「叮——」微波爐提示著鍋貼熱好了，但這會兒小音不想回房間了，窩進哥哥坐的沙發上，看著哥哥開啟電玩按鈕。

雖然不知道該說些什麼，待在哥哥旁邊卻很舒服、很安心。

哥哥也習慣了小音的沉默，便自顧自地進入電玩主選單，跟妹妹這個觀眾解釋電玩劇情。

「我現在已經來到迦納夢之境，再找到一個星捲軸，就能去見大祭司了，祭司會幫我想想怎麼救王子出獄。」邵翰講述著引人入勝的劇情，最後，他眼睛一亮。

「小音，會很想睡覺嗎？」

「嗯……」怕哥哥趕自己上床，小音又不想說謊，只好含糊地回答。

「這個可以改成雙人操作，我們一起來玩吧！反正爸媽也要很晚才回家，妳應該也沒有作業要寫了吧？」邵翰眼睛發亮地問。

「好！當然好！可是，我學得很慢喔……」

「傻瓜，我會教妳啊！來！」邵翰揚起笑意，熱血地遞給小音搖桿，教導她操作指令。

「妳看，妳只要按這裡，等等就能輔助我作戰！對對對！很好！」

小音樂極了，雖然自知學習速度緩慢，但有了哥哥的耐心提醒，她不難進入狀況，兄妹倆奮勇殺敵、互相掩護，樂得在螢幕前擊掌。

「啊……」聽見鑰匙開門的聲響時，邵翰與小音愣住了。

「你們這麼晚還不睡覺？都十一點了欸！小音！尤其是妳！」帶著疲憊進門的

爸爸，一看見小音在打電玩，氣得瞬間變臉。

「我不是說妳不准碰電玩嗎？妳都已經過動症了！不但要避免3C產品，電玩這種傷眼又刺激的東西，妳竟然還敢碰啊！」

後頭的雪莉一臉訝異地掩上門，隨即也露出對小音失望的冰冷表情。

「老公，孩子是不對，但你不要叫得這麼大聲，很晚了。小音，還不回房嗎？」

「妳們可以這樣不聽我們解釋就亂罵一通嗎？」邵翰生氣地甩開搖桿。「小音功課都做完了！又是我邀請她的，玩一下有什麼關係？」

「都已經十一點多了，這叫玩一下？你這個哥哥怎麼當的？」爸爸用力扯掉電玩主機的插頭。

「欸！我還沒存檔欸！」邵翰抱頭大叫，花了這麼久的時間與精力，今晚的進度全泡湯了。

雪莉試著用和緩的聲音解說，卻掩不了眼底的失望。「唉……邵翰，你偶爾打電玩紓壓沒關係，但小音跟你不一樣。」

「怎麼個不一樣？」邵翰回嘴道：「她沒有你們想得那麼差勁，差勁到連玩電玩都不行！好嗎？」

雪莉耐著性子解釋道：「邵翰，小音不像你一樣，念書能那麼輕鬆，她也還小，這麼晚了還不上床，又玩電玩，好不容易治好的失眠萬一又……」

「媽，我回房睡了。」不想再增加彼此的衝突，小音也不願多作解釋，氣沖沖地跑回房，只差沒甩門。

爸爸指著小音留下的鍋貼碗盤。「吃東西也不收！我和你媽是去探病，你們倒在家裡當大爺啦？現在的小孩怎麼回事？有吃、有住、有錢花，要求你們好好念個書過份了嗎？」

邵翰一把搶過碗盤，匆匆在水槽洗了幾下，塞回烘碗機後就離開了。

「我們到底生了什麼鬼孩子……」爸爸無力地抱怨完，回首責備地望向雪莉。「妳在家時間最長，平常怎麼不防堵他們？最近讓小音停藥，今天就開始玩電玩，還以為能跟她哥一樣嗎？一定是因為學劍道才想玩些打打殺殺的電玩，不會念書就算了，還跟我頂嘴，真是越來越扯了！」

雪莉站著發抖，這樣的對話以前在繪詩、邵翰小時候也常常聽過，只要一有不順，丈夫必定到處歸咎指責。雪莉一開始還會跟他辯、跟他吵，但自從離開工作崗位、回家全職帶小音後，這樣的衝突卻越來越嚴重。她能明白從雙薪變單薪後，丈夫要養家的壓力……但他只會將壓力轉嫁到自己與孩子身上，這是完全不公平的。

忍一時，今晚還能好好安靜地過，也能讓孩子好好休息，但若真忍下去，心底的那股悶氣卻無處可去……

雪莉累了，想不出什麼反駁的話，她決定等自己休息夠了，再和丈夫好好溝通，以免講出什麼難以挽回的氣話。

但這晚，雪莉沒有回房與丈夫一起睡。她拿著棉被與枕頭，進書房打地鋪，鎖上房門。這是她第一次表現出自己的怒氣，心底有種踏實感。

※※

「Refrigerator——冰箱。Refrigerator……」

小音聽著床頭音響中的朗讀光碟，翻來覆去就是睡不著。才剛歷經了一場爭吵，小音有許多委屈，也意外地觸動心頭許多回憶。

英文是她從小就開始學習的一個科目，過程更是充滿許多血與淚。還記得媽媽曾送到她雙語補習班，老師只會一直告訴她「NO CHINESE」不讓她說中文，實際上卻沒有引導她該如何說出完整的英文句子。雖然小音試著在班上參與許多遊戲，還演了話劇，但每次上課，小音卻始終覺得自己靈魂被抽走似的，聽不懂，不想學，勉強湊合著跟上同學們的動作。時間久了，兩位外籍老師對她特別寬容，背不出的單字就算了，不想講話也沒關係。每天只是進教室，離開教室，並沒有什麼特別的進展。

後來，媽媽又給她找了英文系的漂亮姐姐當家教，小音終於在三年級時勉強背起ABC順序，終於願意嘗試聽寫課程，但若要追上其他同齡學生的進度，仍有一大段距離。

之後家教姐姐畢業到外地求職了，他們家又試了幾個英文家教都不盡理想，才由雪莉教導小音，但雪莉經常越教越氣，口氣也越來越差。

「真沒想到我以前在外商公司上班，卻生出妳這樣連聽寫都不會的女兒。照理

來說妳應該也有語言細胞才對。」情緒一來，雪莉也會說出自己都不記得的惡言惡語。

「不過，至少教妳的時候，我英文還用得到。否則回家帶妳之後，以前在工作上累積的成績都白費了……」雪莉或許是想安慰小音，但聽到這樣的言論，小音並不覺得開心。

她頂嘴道：「媽媽妳可以不用管我！再回去工作啊！」

「怎麼可以不管妳！妳程度這麼差！」

其實，小音覺得還是以前那個職場上的媽媽最開心，不需要煩惱錢，又能在外面的天地擁有自信心，而不是整天面對笨拙的女兒與令人生氣的丈夫。小音也覺得媽媽很可憐，然而，她更氣的是自己。

「都是我害的，都是我把媽媽搞得這麼可憐。」

即使家裡已經一段時間沒有爭吵，今晚的事仍讓小音再度重拾腦海中的遺憾。

不過，想到哥哥特別跟她打氣的那番話，小音仍決定要一天一天踏實地過。至於未來如何?那只能交給上天了。

11 出乎意料的週末

隨性地綁起一頭長髮，雪莉打掃著房間。週末假日，難得繪詩也回家了，母女倆聯手，幹練地打理家裡上下。雪莉望著主臥室書桌旁的五斗櫃發楞。掀起櫃簾，裡頭盡是一疊疊的花布，有零碎的小拼布用料，也有剪剩的大尺碼布。布被疊成扁平，塞滿了整個櫃子。這些是雪莉出社會前就開始蒐集的布料，多半做成飾品、家用品、包包或者窗簾送人，以前繪詩還小時，雪莉還親手縫過圍兜與嬰兒服呢！

「唉……這些東西早就都沒在用了，到底要不要清出去？總是塞在儲藏室也沒辦法解決問題。」

雪莉摸著一疊疊的戰利品，又望著角落塵封已久的縫紉車。自從小音出生後，每天手忙腳亂，好不容易交接完職場工作又花了半年引退，但全職家庭主婦的日子就像陀螺般忙得團團轉，根本沒時間碰這種「小嗜好」。花布的顏色，從和風、摩登美式、英國古典、童趣可愛、清新小碎花都有，看來看去，都讓人愛不釋手。要雪莉丟棄，還真是心如刀割。

「再放一段時間吧！也許等小音功課更有起色，我就有精力重拾手作了。」雪莉喃喃自語。

此時，走廊另一端傳來腳步聲，繪詩驚訝地高聲問：「媽！書房這套被子是妳的嗎？妳和爸爸分房睡了？」

「嗯……是這樣沒錯。」雪莉本想隱瞞，遲疑了兩秒才開口。繪詩快步走到她房門口，連原本在房間溫書的小音也走了出來。

望著兩張充滿疑惑的小臉，雪莉想了個說詞：「因為妳們爸爸最近情緒差，睡眠品質也不好。所以暫時分開睡，以免我影響到他。」

「媽……」繪詩皺著眉，彷彿知道另有隱情。

雪莉知道自己大概也瞞不過去，畢竟老公最近的確火爆又固執，根本難以溝通，夫妻倆也冷戰至今。沒想到，繪詩露出明朗的笑容。

「媽，我們不是有客房嗎？妳不要睡在書房啦！又不舒服！」

「客房還在整理，過陣子阿嬤要來我們家住兩天，順便看醫生拿藥。」雪莉說的是實話，因為三個孩子從小到大的東西過多，家裡已經沒有太多空間，客房成了儲藏室，最近才要努力解決收納的問題而已。

「東西太多了，真不知道如何整理起，只能先丟掉一些不要的東西了。」雪莉回首望著主臥室中的手作布材，臉上寫滿心虛和不捨。

繪詩的腦海，也被勾起了客房中那一箱箱雜物的回憶。「唉！我還留了一堆參考書和課外讀物，以前總覺得可以給小音……現在教材早就不同了，我都去清掉吧！至少可以清理掉三大箱書籍才是！」

「那我也把這些布丟掉吧……」雪莉聽到女兒要「犧牲」這麼多東西，認為自己還什麼都不丟，實在說不過去，便朝布櫃伸手而去。

「媽！不要！」繪詩與小音異口同聲，滿是心疼。

小音問：「那不是妳蒐集很多年的東西嗎？以後還可能用到不是嗎？」

「唉！我那天看收納的書，說人最忌諱談『以後會用到』，這樣一想，什麼都清不了，家裡會繼續亂糟糟。」

「媽！」小音忽然揚起聲線，眼神中湧動著激動的淚意。「媽，要怎麼樣妳才願意重新用這些布？」

「什麼怎麼樣……」雪莉莫名其妙地回視著小音，又遺憾地望向蒐集多年的各色花布。「就等到以後比較有空，家裡比較閒的時候吧……」

「是不是要等到我不讓妳操心，像哥哥姐姐一樣優秀，妳才要把時間留給自己？」小音語帶顫抖，明白她心思的繪詩，立刻輕柔地抱住妹妹。

雪莉沒料到小音心中竟有這番想法，啞口無言地迴避眼神。「胡說什麼……」「媽，妳總是說，生了我之後，發現我不正常，就辭職了，妳也很想念上班時的日子，覺得當時很快樂、很有自信對不對？我看了我出生以前的家庭照片，妳跟現在疲倦又黯淡的樣子差很多……」

「純粹是我老了而已，小音……別這樣想。」雪莉拍了拍小音的背，想緩和她眼中的淚意。

小音沒有因此把話吞回肚子，即使察覺到自己的狼狽，仍堅持哽咽地把話說完。「媽媽，我知道，我最讓妳擔心，功課不好，整天要妳盯著，爸爸也因為這樣老是找妳碴，我知道妳壓力也很大……如果我這次段考考進前十名，證明我有進步，妳是不是就可以比較放心一點，去做一些讓自己開心的事？」

「傻瓜。」媽媽撫著小音的短髮。「怎麼又說這種話！妳的獎品不是要智慧型手機嗎？」

小音搖了搖頭。「先前沒有智慧型手機也活得好好的，頂多之後再換，這次我希望媽媽能重新開始縫紉手作。媽媽的手藝很好，我不希望妳一直堆著布都不用。」聽了這席話，繪詩瞧向雪莉，自己眼底也閃爍著淚光。

雪莉終於點了點頭。她雖然努力地隱藏對生活中的不滿，沒想到朝夕相處的女兒卻還是察覺到了，這讓她感到慚愧，卻也窩心。

「我以前看到小音的成績不盡理想，就老愛說些氣話，這大概傷她很深吧！」雪莉想道。

「小音，媽媽沒有後悔生下妳，妳也很優秀，只是需要時間，媽媽辭職也是因為當職業婦女真的很累，從來不覺得是為了妳才犧牲工作，妳千萬不要這樣想。」

小音只是低著頭，尷尬地回到房內。

雖不知道小音有沒有聽進去，但雪莉心想，母女間能如此掏心掏肺地談上一回，已經十分難得了。

「竟然對我說了這麼溫暖的話……小音真的變很多。其實孩子就像回力鏢，妳用謾罵、指責來對她，她所能投射給妳的當然也就只有抵抗、埋怨和恨意……或

許，我改變了溝通方式，她才能有這樣的進步吧！」

雪莉感到抱歉的是，其實她從不認為小音真能考到前十名。但這樣的念頭絕對不能讓女兒知道。

「哪怕只是許了個空泛的願望，但小音願意自己想出目標，朝目標努力，我已經很感激了。」雪莉想著，連大女兒繪詩憂心忡忡望向自己的神情，都沒有看見。

※※

要來城裡大醫院作精密檢查的阿嬤，已於週一晚上入住。這天繪詩已經回學校，而面臨段考的小音與邵翰在與阿嬤打招呼後，便紛紛回房念書。

「我真是挑錯了時間，不好意思啊！」披著藍色針織外套的阿嬤邊咳嗽邊說。

「不會啊！反正排了這麼久，終於輪到我們做健保檢查，沒什麼不好。」雪莉說：「妳別顧慮孩子，晚點跟我們一起到客廳看電影吧！」

「孩子們如果平常真的有在念書，這點時間不算什麼打擾，他們只是在裝乖而已，尤其是小音！」爸爸幫著阿嬤提行李到客房，一路高聲說道。

「好啦！不要這樣酸孩子，他們需要安靜。」雪莉制止道。「老公……我一直很想跟你說，小音已經進步很多了，不要再一直針對她說些有的沒的……那種態度對孩子沒有正面影響。」

難得看阿嬤也在場，算有個盟友，雪莉把壓抑在心中許久的話說了出來。「小音是很需要鼓勵和讚美的孩子，你卻老是酸她，這樣真的很不好。」

「鼓勵和讚美？她有做什麼值得鼓勵和讚美的事嗎？」爸爸不以為然地抬高聲音。「我也不想罵她啊！但妳說她有進步，進步在哪？我看不出來啊！先把成績考高再來跟我講！」

雪莉雖然憤怒，但更怕小音把這些話當真，連忙用遙控器調大電視機的音量，一面轉移話題。

「老公，你陪媽來客廳坐一下，我切點水果馬上好。」

阿嬤回答：「不了，我先洗澡，享受一下妳們這裡浴缸看出去的夜景吧！」

「媽在鄉下看的才是真正的自然美景，我們這裡都是些水泥叢林，哪有什麼好看！嗯！不過當初買這裡時，也覺得夜景很美，我才選了邊間價位最高的位置！當時很多人搶，抬了兩次價才買到呢！」爸爸邊自吹自擂，邊扶阿嬤到浴室，介紹著浴缸的觸控使用方式。

「真是的，老說是自己的功勞，這房子我也出了不少錢啊！」雪莉只能對著水槽中待洗的水果碎碎念。

而阿嬤泡澡之際，夫妻倆則在客廳坐著，看電視配水果。半小時後，邵翰走出房門，到廚房泡咖啡。他端起杯子經過客廳時，眼角餘光掃向夫妻倆。

「爸，你剛剛故意那麼大聲，或許是想對妹妹用激將法，但我聽了覺得滿過份的。」

「我過份？」爸爸瞪大鏡片後的疲倦雙眼。「真的嗎？你是說我剛剛要講給小音那些話嗎？」

「不然呢？」邵翰一臉不耐煩，因為他明白爸爸並不會認錯。

「我是為了小音好，何況我先前說過比這過份的話，她都撐過來了，剛剛那些話不算什麼吧？也只是希望她考高分而已，又不是什麼奢求。大家幹嘛都怪我？」

「什麼邏輯，懶得跟你講了。反正別再那裡講些有的沒的，聽了根本沒心情讀書！」邵翰背對爸爸，回房關上門。

「你看吧？我就說孩子需要鼓勵……」雪莉正想繼續方才的話題，又聽到另一扇房門打開的聲音，這次是小音出來了。

「糟糕……小音是不是心情不好……」雪莉正想叫住小音，卻發現小音只是略顯煩躁地往浴廁走，大概是想上洗手間。

「小音，不好意思，阿嬤還在泡澡喔！」

「沒關係，我開外面小門而已，不會進去浴室。」遠遠傳來小音應答的回聲。

隨後，小音的驚叫聲響起。

「啊！天啊！」

「怎麼了？」爸媽趕到浴室外時，只看到裸身的阿嬤臉紅通通的，雙眼緊閉地倚在浴缸牆壁上。

「阿嬤昏倒了！唉！一定是水溫太高了！」爸爸連忙一把抱起阿嬤，媽媽則拉來浴巾將阿嬤包起來。

然而，當爸爸發現接下來的事實時，竟如孩子般慌亂大叫。

「糟糕！阿嬤沒呼吸了！阿嬤沒呼吸了！怎麼辦？怎麼辦？」

「天啊！媽！」雪莉跪到阿嬤身旁哭叫。

「怎麼了啦！」邵翰慌慌張張地趕到浴室門口，對著眼前的場景目瞪口呆。

「她沒有呼吸了？是不是要做人工呼吸！」爸爸與雪莉面面相覷。「先叫救護車吧！邵翰！」

「阿嬤還有心跳！」小音毫不畏懼地將耳朵壓上阿嬤的胸膛，聽了聽。

接下來，她把阿嬤的後頸往後扶，暢通呼吸道之後，立刻嘴對嘴吹了兩口氣。明顯地看見阿嬤的胸口起伏，爸媽急得不得了。

「阿嬤不是還有心跳嗎？妳確定這樣做對嘛？」爸爸質問著小音。但她頭也不抬地將手伸向阿嬤的脖子動脈。

「還有脈搏，若沒呼吸，四分鐘以後會腦死……」小音再度朝阿嬤吹氣，頻率平穩，約一分鐘吹了十六下。

「為什麼這孩子會這種東西……」雪莉驚訝地回望著邵翰。

「電話已經打了，救護車的人也要我們繼續做人工呼吸。」邵翰說。

時間彷彿凝滯了，在充滿炙熱濕氣的浴室中，阿嬤臉上的紅潮漸漸退去。

「都是我不好，泡那麼久也沒主動去叫她……」雪莉不敢想像接下來的發展，哽咽地遮臉，爸爸揉了揉她的肩膀。

「有脈搏，有呼吸了！」小音扶起阿嬤的肩膀，眾人立刻湊過去。

爸爸邊扶邊問。「那心跳呢？」

即使是個蠢問題，但小音仍用清澈的眼神望著爸爸。「嗯！一直都有心跳。」

當雪莉湊近，親耳聽見阿嬤鼻尖傳出的規律呼吸聲時，終於破涕為笑。「天啊！她真的有呼吸了！」

「小音，妳怎麼這麼棒！」邵翰開心地將蹲在地上的小音扶起，這才發現小音指尖顫抖，雙手冰冷。邵翰這才發現，其實，小音也跟大家一樣慌亂又害怕。

「妹，妳真棒，人工呼吸這種東西，我從來沒有一次真的記住過……」

聽到連聲讚許，小音這才終於有心情端詳哥哥，感動地朝他點點頭。然而，她更擔心的，是阿嬤接下來的狀況……

「我們太慢發現了……萬一阿嬤變成植物人怎麼辦……」

12 段考後的下午時光

最後一科的段考試卷發下時，小音漲紅著臉振筆疾書。考試考了一整天，身體都滾燙到不行。

「我沒有發燒，只是太重視這次的考試了……」

記得以前的考試，小音頂多感到胃痛、腦子空白，從沒像這次一樣，緊繃卻也亢奮。彷彿全身的毛細孔都緊縮起來，眼睛看得特別清楚，思緒既清晰又快速，解題的靈感也像閃電一樣湧現。大概是每週規律睡眠與運動，小音比以往提前了十五分鐘寫完考卷，雖然激動得想立刻站到椅子上，發出勝利的大吼，但她仍勉強靜下心，又檢查了兩次。

每當思緒開始變亂時，小音就回想著劍道形那徐緩卻流暢有力的招式，就像心亂時無法好好揮劍，自己總能立刻察覺一樣，小音漸漸習慣了穩定自己的心神。

「冷靜，呼吸，慢慢來……慢慢來，我可以的。」邊想著，小音邊把視線聚焦回試題，一題一題地在心底默念。

「應該差不多了吧?已經檢查兩次了。」小音終於吐了口氣，下課鐘也響起了。她用期待又新鮮的心情微笑著，把考卷傳到前排去繳交。

第一次是用這種情緒面對最後一個考科。以往小音考完時，心情多半是沉重又惆悵，畢竟面對太多沒印象、不會寫的題目，她又怎麼會期待有好成績呢？

「以前只希望成績能慢點發……讓我能輕鬆個幾天，現在……我真的很期待欸！」小音雀躍地收拾筆袋與書包。

最要好的同學亞碧則帶著便秘般的神情，先主動走了過來。「唉！為什麼這次這麼難！不是每學期的第一次段考，都會比較簡單嗎？」

「原來亞碧覺得很難……」小音不好意思說出心底話，只能苦笑地點了點頭，心頭卻也湧起一股矛盾的優越感。

畢竟，察覺自己的進步並不容易。小音只能憑感覺，偷偷替自己打氣。

「既然考完了，我們去吃披薩吧！」每次段考完，兩人都會規劃下午的行程，吃完飯才回家。

這次進了以往熟悉的店，咬著餅皮上熱騰騰的起司，小音卻覺得特別香濃可口，緊繃的心情也終於舒展開來……

小音喃喃說道：「這次真的比往常好吃很多，怎麼會這樣？」

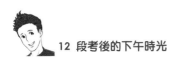

「因為妳真的很努力吧！」亞碧說完，察覺小音驚訝的神色，便淺淺一笑。

「我有發現這陣子妳用功很多，找我出來玩的時間也變少了。」

「抱歉，因為週末要念書又要練劍道，自然就沒有時間玩了……」

「不用抱歉啊！我看妳也很開心！開心就好了！」亞碧眼中毫無半點虛假，而是閃耀著認同的光芒。「畢竟，以前的小音真的很容易生氣，跟現在的樣子完全不一樣……」

小音其實不太喜歡被這麼說，有種過去被否定的感覺。但往好處想，亞碧不管怎麼樣都不離不棄地當她的朋友，小音也由衷覺得感謝。

「唷！音癡！」一群同班的男孩子在餐廳角落裡戲謔地朝小音打著招呼。

自從小音在音樂課的歌唱科目連續考了三次不及格，創下音樂老師執教以來唯一「連莊」三次不及格的紀錄，班上男生就叫小音「音癡」。

事情會演變成這樣，是因為小音無心去記住音符與落落長歌詞的關係。

「虧妳名字還有個『音』，這種三次不及格的學生，我當老師二十多年來第一次看見。」音樂老師或許有點驚訝，但因為小音給老師們的印象一向不算好，她這番言論也就不足為奇了。

音癡這個綽號已經跟了小音兩年，即使現在都八年級了，每次被叫這個綽號，小音總感到一陣怒意。其實她才不是音癡，偶像劇的主題曲她就很會唱，媽媽和姐姐也誇獎她唱歌好聽，說穿了，小音只是不擅長考試而已。

往往一提到音癡時，班上的臭男生們多半還會附帶「母老虎」、「男人婆」、「浩克」等這種名稱，來取笑打架總是佔上風的小音。

「怎麼樣，小音，要出去餐廳外面，用拳頭教訓他們嗎？」亞碧也很討厭這樣的挑釁，把披薩的空盤往旁一端。「喂！你們選錯時間了！我們現在剛好吃飽，要單挑就去外面！」

「怕妳啊！兩個男人婆！同性戀！」男生們總故意把小音與亞碧說成一對，甚至還會開黃腔。但因為沒有證據，往往被叫去訓導處罵的，都是先動手的小音。

「亞碧，把手機拿出來。」小音低聲說。

「咦？喔！好……」

兩人假裝地繼續喝著飲料，一面用亞碧的智慧型手機偷偷往男生處攝影，店家

用餐環境與男孩們的嘴臉拍得一清二楚。

「再說啊！你們還要說什麼？」小音故意反嗆。

男孩們又罵了些不堪入耳的低級髒話，最後，店員受不了而走出來制止。

小音與亞碧收起手機和書包，道歉完就推門離去，留下還在點餐的臭男生們。

「啊不是在練劍道，好像很會一樣！結果還不是逃了，真沒種！」男孩們還對小音叫囂。

握起拳頭，一想到心愛的劍道也被侮辱，小音惡狠狠地回過頭去。

「一直在那邊出張嘴，你們又多有種？別丟學校臉了，很難看！」

小音拉住亞碧，揚長而去。

事後，小音請亞碧用平板電腦將方才的影片，寄到訓導主任的電子信箱。

「這麼好的方法，我先前怎麼沒想到呢？果然冷靜一點是對的，冷靜才能作出最正確的判斷。」小音得意地想著。

※※

雖然吃了一肚子披薩，但小音沒忘記今天是週三，是練劍道的日子，準時在五點半前趕到道館，進行一個半小時的練習。

因為小音跳級的關係，目前已經與比她早好幾梯次報名的家豪同組。家豪的個子只比小音矮一些，戴好護具，互相練習打擊時也非常合拍。

「我今天本來想請假，最近讀書頭昏腦脹，一想到來這邊又要被打頭，真的很累，哈哈！」家豪打趣道。

一開始被攻擊面部時，小音也會怕得縮起頸子，但每次練習都會戴護具，對手若是技巧中上，打擊時的速度和力量都在一定範圍，並不痛。再說，因為總是瞇眼不敢看對手的劍，小音在實際對戰時已經輸掉好幾次。現在被打面部時，她決定吸氣瞪大眼，看清對方劍勢與距離，才能立刻判斷如何防禦。

「不能再逃避了！」也不是沒被打過手肘根部、肩膀等這種缺乏護具防禦的地方，回家褪下衣服時，鏡中的自己往往有著一道一道竹劍打傷的痕跡。

時間一久，小音覺得劍傷也像一種練習與經驗的標誌，並沒有什麼好抱怨的。要不是媽媽不允許，她還真想貼自己的傷勢，作為戰利品上傳到臉書呢！能在考試結束後好好打一場，對小音來說也是一種滿足。

「上天真是太疼我了，考完試就去吃美食，休息一下後又能來練劍，徹底紓壓！今晚一定很好睡了！」小音期待地走向公用的護具櫃。

前面已經有兩三位學員搶到了共用的道館護具，小音最常穿的那套被拿走了。

「糟糕，就先選大一點的吧……只好綁緊一點了。」小音先前也曾經穿過不合身的大號護具，面具戴起來搖搖晃晃妨礙視線，肚子與手部護甲也卡卡的，每穿必輸，原本的好心情也被打了折扣。

「都怪我自己動作太慢。」抱著護具，回到休息區的地板跪坐穿戴時，小音總會羨慕地望向家豪。他身上那套花了一萬多元量身打造的護具，雖然不到高級品，但總比道館穿了四五年的鬆弛悶臭公用護具好。

「小音……要不然我的面具給妳戴好嗎？妳那個面具真的太大了！萬一扭到脖子就慘了。」家豪也發現小音的困境，主動把自己的新護具遞了出去。

「沒關係啦！你和我的頭也差不多大啊！哈哈！換你扭到也不行呀！」小音雖然很感動，卻不肯接受。其實，光是能被志氣相投的夥伴如此關心，她就覺得今天已經很有收穫了，等等打不打得贏，也不那麼重要了。

「來，這還有得救，我教你們吧！」灰髮的邱教練滿面微笑地掏出一條全新的頭巾。「先墊一片在裡面，多少可以緩和面具太大的困擾，等等我親自幫小音綁。」

「好，謝謝教練！」知道邱教練總是特別關愛自己，小音滿足地笑了。

「小音，妳那麼喜歡劍道，若是確定往後也會繼續練，不妨跟爸媽爭取看看，一萬元左右的初階護具，我覺得也是很好的投資。」一位助教學姐對小音嚴肅地說。

「嗯嗯！謝謝。」這些話已經聽過不下十次，但小音根本不好意思跟爸媽開口。畢竟阿嬤前陣子昏倒救醒後，便中風住院，右腿不太能動，未來不但需要復健，看護費也是個問題。

「已經好幾天沒去看阿嬤了，媽媽最近也很累，我週六請姐姐帶我去吧！」

就在小音想著心事的當下，教練慈愛地替她戴上了面具。小音將視線移到道場上開始熱身的學長姐，拋下雜念，帶著炙熱的神情加入了他們。

13 樂透開獎
劍道

今天是段考後的第三天了。這幾天來，小音都期待著各科老師發考券，通常成績考後兩天就會知道，接著一週後公布班排名、與其他更複雜的統計數據。

小音有幾科的成績已經揭曉，英文聽寫因為有繪詩教她的睡前聽光碟法，這次進步最多。數學因為暑假就開始接受補習，也差不到哪去，不但及格了，而且也考到了七十五分。當然，靠這個分數進前十名的機會不大，只能依賴其他尚未揭曉的成績來拉平均了。

「每天都像等樂透開獎一樣……好緊張。」小音也將平常總能考到前十名的幾位同學作為假想敵，忍不住偷瞄、偷聽對方的成績，每當發現對方考得比自己高，心情就如同掉入了無底洞。

「小音，放輕鬆啦！至少妳爸媽現在比較少罵妳了。」亞碧雖然知道小音的心願，但也不忍說破。其實，亞碧自己也不認為小音能一次就衝到前十名，只能默默在身邊鼓勵她。但當今天國文試卷發下來時，小音發現亞碧還考得比自己高分。

「亞碧不是說國文特別難嗎？竟然考比我高！唉！我真的在背課文方面很弱……但至少選擇題都有全對。」雖然亞碧只比小音高五分，但小音仍覺得分數這種事情真是難以預測，挫折了一陣子。

「或許我資質真的太差，連亞碧讀得有一搭沒一搭，都能輕鬆贏我。」雖然這樣對亞碧挺抱歉的，但小音整天都在心底計較著這件事。

與其說她不希望亞碧考高，不如是怨歎自己吧！

「大概沒辦法前十名了……」這也是兩個月以來，小音第一次有了這種灰心的念頭。她非常驚訝，原來自己的努力還是不夠。

但這幾天老師帶全班檢討試卷時，小音也發現自己原本有許多題目都會的，卻因為粗心、太過緊張，而終究選擇了別的答案。

「每科加起來算，我這次損失了二十多分……下次真的不能再粗心了。」她終於體會到，因為過去自己總不把考試的小技巧當一回事，才會犯下新手級的錯誤。

以前老師檢討小考試卷時，小音也多半放空，或者直接採取「這種題型我不會、直接放棄」的心態，沒認真吸收自己的錯誤，但她發現段考的許多扣分處，都早已在小考就出現了。

「我如果能在小考時就全都學起來，段考也不會重蹈覆轍了……怎麼這麼鴕鳥

心態呀？」小音一題題努力地抄下筆記，連下課時間都忍不住跟同學借解題方式來練習。

「原來是這樣解的……解得真漂亮。」

亞碧看見小音在考後反而上緊發條，感到很疑惑。

「小音，算了啦！段考都過了，如果這次不理想，就等下次再努力了。」

「我就是為了下次在努力呀！」小音抬起臉對亞碧淺笑。「尤其像數學解題是一層層累積的，如果我現在不搞懂，以後學到更難的東西，就會像積木一樣垮下來……去年已經嘗過苦頭了，整個寒暑假都在補習班重學，好痛苦又好丟臉，還不如一次打鐵趁熱學好。」

「加油喔……」亞碧不是很理解小音所說的，但也只能點點頭，還不忘去合作社替她買飲料回來。

如果她有小音那麼完善的讀書環境，身邊充滿許多家人的關注，或許也能有機會翻身吧？亞碧望著小音，一陣寂寞襲上心頭。

※※

兩天後，小音的正式成績單寄到了家裡。因為媽媽最近都在醫院照顧中風的阿嬤，早出晚歸，成績單是哥哥邵翰第一個發現的。

「啊……」邵翰望著大樓管理員交給他的信件，因為信封上寫著監護人爸爸的名字，但一向都由媽媽拆閱，邵翰想著晚點再交給媽媽。

「不知道小音這次考得怎麼樣……應該多少會進步吧？」

而今天補習班下課後，小音也去醫院探望阿嬤，再和媽媽一起回家。

「阿嬤……我和媽媽要先走了喔！」小音握住病床上阿嬤的手。

「嗯……啊……」阿嬤因為中風無法開口說話，只能用正常的那隻手朝小音揮了揮，原本慈藹的微笑，也因為左臉歪斜而顯得有些詭異。

「阿嬤……」每當看到這樣的神情，小音都會不捨地想別過臉去。

「記得半年前見面時，我竟然因為阿嬤在誇獎哥哥姐姐而賭氣，連阿嬤親手做的飯都沒吃完，我真是差勁。為了那種事生氣，根本沒有用啊！」

每當經過醫院各病房的中風樓層，聽到裡頭傳來的病人哀號與家屬爭執聲，小

音才醒悟，一家人和樂健康地住在一起，需要多大的福份哪！

「我們家之前明明健健康康的，還為了一些小事計較吵架，實在太白痴了。」小音無奈地想著，又憶起上次哥哥與爸爸的爭執。想到他們爭執的原點可能是自己，她感到更加無力。

「小音，怎麼啦？」雪莉搖搖她的手，母女倆走入醫院的停車場。接連奔波，讓雪莉在短短幾週內顯老不少，小音一想起自己這次可能無法考到前十名，媽媽又因為阿嬤的事情而無法重拾縫紉的樂趣，便鼻酸了起來。

「哎唷！不要難過，阿嬤會慢慢好起來的，她每天都很努力復健喔！早上精神狀況較好時，也能說幾個短短的單字，剛剛只是太累了，簡單回應妳而已。妳別被嚇到了！」

阿嬤的看護費，已由媽媽、阿姨、舅舅共同籌出，暫時不是問題。不過，這對家裡的經濟狀況也有一定的影響。小音想起練劍道的護具，更不敢開口了。

以往，察覺小音有心事時，雪莉總會鍥而不捨，旁敲側擊，但這天她也真的累了，只能勉強打起精神開車回家，一路上並沒有再多問。

「小音，我今天回家已經收到成績單了喔！妳家的應該也寄到了，跟妳說一下。」亞碧傳了簡訊到小音的按鍵式手機。

「天啊！成績單寄到了！」小音立刻繃緊神經。她覺得自己真像神棍，對家人撒了一個巨大的謊言……而真相終於要被揭穿了。

「等等就知道我有沒有前十名了……唉。」

一踏入家門，小音感覺異常胃痛，四處張望，眼光找著今日的信件。雪莉則累翻了，先去打開冰箱查看食物。

哥哥邵翰朝她使了個眼色，暗示她到書房去。

「妳的成績單已經來了，哥哥先藏起來了。」邵翰拉開書房抽屜。「我聽繪詩說了，知道這次的排名對妳來說很重要。我想了想，還是給妳決定什麼時候公開比較好。」

「謝謝哥哥……」小音十分感動，知道哥哥想替她爭取時間。信封很明顯沒開過，但小音猜想，或許哥哥也早就明白，她的實力不足以一次攻上前十名。

真是心如刀割。但，若這就是她目前的實力，也只能接受了。

「小音，不要緊，就算這次沒達到目標，下次，下下次持續努力吧！羅馬不是一天造成的。」邵翰踏實的笑容，讓小音的心情緩和了些。

「沒關係，我現在就去跟媽媽說。我不想因為擔心這種事情而失眠。」小音苦笑道。

邵翰露出驚訝又心疼的表情。「唉！沒想到妳壓力這麼大……哥哥也陪妳去說吧！其實媽媽不會怎麼樣的……」

兄妹倆正要走進廚房找媽媽，卻聽見爸爸回家都會出現的叫喊聲。

「累死我了！今天客戶又挑三揀四！還有沒有東西可以吃？我明天早上請假，今晚來喝啤酒好了！」

「好啊！等等我準備。」雪莉疲倦地苦笑，安撫著爸爸。「你先到沙發上休息一下吧！」

「怎麼樣，要現在說嗎？」小音畏懼地望了邵翰一眼。畢竟這回爸爸也在場，若真的沒達到理想成績，應該免不了一頓奚落。

「沒關係啊！妳說要考前十名的事情，只有我、繪詩和媽媽知道而已。不過，媽媽現在在忙……」

邵翰正忙著和小音耳語，客廳又響起爸爸微微慍怒的問候。

「邵翰！小音！爸爸回來也不打招呼！讀書讀成這樣嗎？真有這麼認真就好了！」

「喔！你回來了喔！」邵翰勉強回了一句，正要繼續鼓勵小音，爸爸又問了……

「我剛剛看我同事的臉書，說怡新小學已經發成績單了，他女兒這次也是前三名，真羨慕啊！小音，妳的成績單呢？醜媳婦也要見公婆，還是趁早揭曉吧！」爸爸邊說邊往廚房置物櫃找，但只看到水電繳費單與信用卡帳單。

「奇怪，我們家成績單竟然還沒寄到！」

小音見到爸爸已經起疑，只好怯生生地拿著成績單走過去。邵翰在後頭猛搖頭，他有預感將掀起一場腥風血雨，臉色鐵青地守護在妹妹身旁。

「爸爸……」小音低聲地說：「成績單在這裡。」

「啊？虧我找得要死，原來在妳那裡！收件人不是爸爸嗎？妳怎麼擅自拿去了？」爸爸眼中充滿怒火。

「先聽聽小音怎麼說吧？不要先入為主好嗎？」一旁切著水果的雪莉也放下了刀子，注視著小音。以往小音從沒有過這種拿走成績單的舉動，雪莉雖然疑惑，卻猜想，這大概跟小音前十名的目標有關係。

被爸媽如此關切地注視著，小音壓力大到很想大叫，但還是耐著性子把事情說了出來。

「我很在意自己的排名……所以想先看看，但又覺得這樣不好，所以還沒打開。」

「喔！有什麼好在意的，反正妳成績不就那樣嗎？」爸爸雖然嘴上這麼說，眼底卻漾起幾分笑意。「所以，現在妳也會關心自己的成績了？還不錯嘛！」

「她本來就很關心，只是這幾個月來特別用功，得失心也就重了。」雪莉趁機對爸爸柔聲解釋。

「對啊！妹妹回家除了吃飯洗澡，都在書房和臥房，念書、複習、作報告。」邵翰也幫腔道：「爸爸，你到現在才發現嗎？」

爸爸自知理虧，連忙轉移話題。「好，我就來看看到底成果如何？來，成績單拿上來！」

被爸爸如此大聲地下了結論，小音有種頭暈目眩的難受感覺，萬一自己考糟了該怎麼辦？但，她分明是盡力了啊！

將成績單往爸爸手上一塞後，她忍著難堪的感受衝回房間，鎖上房門。

「小音……」邵翰看到妹妹這樣，十分心疼。

「爸爸，你說話語氣真的有問題，妹妹辛苦念書，過程已經很辛苦了，又不是什麼攸關幾千萬元的國家級實驗結果要揭曉，你話就不能好好講嗎？」

「是啊！老公，我早跟你說過，要用正面肯定的方式對孩子說話！」雪莉一把搶過爸爸手中的成績單，以免他又裝做沒聽到。

「我知道了！可以了吧？小孩子認真念書本來就應該的，一群人挑我語病做什麼啊？」爸爸不喜歡這種被「群起攻之」的孤立感，更加惱羞成怒。

雪莉無奈地心想，或許爸爸比小音還像個孩子，凡事不可指責，要用引導、鼓勵等更正面的方式來互動。

剪開了信封，爸爸掏出裡頭的幾張表單時，邵翰與雪莉圍在一旁期待地望著。

成績單被爸爸緩緩揭開的那一刻，小音的平均成績寫著七十九點四，為班上這次段考的第十三名。

「嗯！算是有進步吧！」爸爸淡淡地說了一句，成績單便被媽媽和邵翰拿了過去。

「媽，可惜沒有前十名……」邵翰說完，雪莉暗示他小聲點。

「沒關係，已經好棒了，你看，數學進步很多，只有英文稍微把平均成績往下拉了點。她真的開竅了。」

「媽媽，結果妳還是一直在看著成績。」邵翰搖搖頭，雪莉一時不明白孩子的意思，一陣挫折感襲了上來。

等雪莉回去切水果之後，邵翰拿著成績單，輕輕敲著小音的房門。

「哥哥可以進去嗎？」

雖沒有回答，但房門從裡頭被清脆地打開了。小音自卑地仰頭望著邵翰，一臉挫敗樣。

「唉！妳別這樣嘛！別把爸爸的話聽到心底去，否則你會跟我國中的時候一樣，一考不好就想跳樓啊！」邵翰沒開玩笑，眼底的嚴肅，完整呈現出過去受傷的心情。他拍拍妹妹的肩，將成績單遞給她。

有了哥哥這番話，小音堅定一笑，終於有勇氣低頭看成績單了。

「其實，我不是要跟爸媽交待什麼，只是想跟自己交待……看看自己到底進步多少……」

小音的呼吸幾乎都停了，眼底追逐著表格中的數字。

哥哥溫聲地解釋著，深怕小音往不好的方向想。「妳看，平均分數進步很多吧？很厲害了呀！通常，最難拉的就是平均分數了。」

「嗯……但是，排名……」看見大大的「十三」時，小音胸口一沉。先前也不是沒預感，但親眼看到目標破碎，還是有些難過。

「可是，妳看看這欄。」哥哥指著密密麻麻表格的另一端。小音從沒注意過成績單能長得這麼複雜，先前也只是隨意瀏覽，哪像這次心情起伏如此之大？還是哥哥細心，看數據總是全方位地檢視……

忽然間，小音瞪大了眼睛，喜上眉梢。「咦！這一欄的『三』，是說我是第三名嗎？怎麼會這樣！什麼意思啊？」

「這欄代表『進步幅度』，最下面表格有註記說，是用平均分數去比較這次與上次的差異，妳上次平均比這次低了十二分，所以這次進步幅度的排名是全班第三喔！」

「第一和第二的總分，分別是張均文和李庭曜，但我的總分有贏過他們耶……」小音這才開始懂得如何解讀數據，開心極了。

邵翰繼續指著表格。「妳看，換句話說，班上總是包辦那前幾名的常勝軍，這次進步幅度也比不上妳呀！因為，他們原本的進步空間就很有限了。」

「太好了。」身後傳來雪莉的輕柔讚揚。「我家女兒還是考到了全班第三名，看來我也要早日重拾縫紉了。」

「媽媽！」小音開心地摟住雪莉。「說到要做到喔！」

母子三人抱成一團，小音意識過來時，哥哥已經拉了張面紙，幫她擦去眼角喜悅的淚水。

14 精益求精

小音的劍道初段考試日期確定了，就在這週末。然而同一時間，卻有附近知名大學辦的親子教養團體諮商，兩者撞期，讓雪莉感到很頭痛。

「唉！這個諮商我已經參加了三次，這次是第四次，每次都有兒童行為學專家與親子諮商師可以傾聽我的疑難雜症，早就付費報名了，不去很浪費呀……但同個時段小音要考劍道初段，我也想去給她打打氣呀！」

雪莉邊喃喃自語，邊準備著鍋中的食材。雖然阿嬤已經出院到舅舅家療養，但每週雪莉都會帶些家常菜去探望她。中風的病人最需要復健與打氣，雪莉自然不能缺席。在客廳打電玩休息的邵翰，聽見雪莉的掙扎，便出了個主意。「媽，反正爸週末閒閒沒事，妳讓他代替妳去諮商啊！爸不能都不管，把事情丟給妳。」

「乖兒子，你說得很對……讓爸爸去沉浸在那種良師益友、和善激勵的環境中，希望他能好好感受一下我平常都在努力些什麼！」雪莉回答：「反正，我就跟他說『你若不去，諮商費就浪費掉了！』愛錢如命的他一定會很心疼地跑去代替我參加！」雖然一開始爸爸強烈反彈，但最後還是答應去了。

「叫我去參加那種場合……我又沒做功課，平常孩子也不是我帶的，萬一我出糗怎麼辦？人家一定會覺得我是個很兇又不會教養孩子的爸爸啊！」

「你自己也知道喔？」邵翰在一旁冷言冷語。

「是啊！」難得回家的繪詩邊梳著一頭秀髮，邊溫聲對爸爸說：「就是因為這樣，你才更要去參加啊！不然媽媽的錢都白付了！你花大錢給小音去補習，應該明白那種不好好利用就會吐血的心情吧？」

「煩死了，養妳們有什麼用？都跟媽媽一鼻孔出氣！真是找我麻煩！」雖是罵著，但爸爸倒沒猶豫地拿起手機行事曆，老老實實地輸入了團體諮商的時段。

「對了，文文媽也會去喔！」雪莉拉住爸爸的手，輕聲叮嚀。

「哦！就是那個講話很衝又愛比較的媽媽嘛！她家女兒很乖、很安靜的那位？」爸爸想起來了。

「對對對！」雪莉驚訝地答腔，原來漫不經心的爸爸還是有在聽她平日的抱怨。

「不過到時候，你可不能這樣說她喔！」

「當然啊！我哪有這麼笨！」爸爸搖搖手，孩子們都笑了。

「唉呀！其實文文媽本性不壞，只是態度硬了點……」雪莉尷尬地要孩子們別取笑自己的熟人。「總之，我這次會託你拿東西給她，你到時候記得主動跟她打招呼。」

「真麻煩欸！」爸爸長嘆了一口氣。

「是啊！所以我才說要『麻煩你』呀！」雪莉輕盈一笑，不爭辯也不皺眉，回廚房忙去了。

爸爸望著她的身影，喃喃自語：「雪莉開始放手讓小音自己規劃每晚的讀書時間後，她花在縫紉機上的時間多了很多，人反而神清氣爽了起來，也不為小事情感到挫折了。我想跟她拌嘴也拌不起來，反而是自討沒趣……」

爸爸苦笑著晃過走廊。當他瞥見房門內的小音正在用功，心情也輕鬆不少。

「很好喔！女兒！」他大聲地仿效雪莉教導的，一看到女兒讀書就大聲稱讚，但小音頭也不回，只舉起大拇指回應，表示有聽到了。

「真是的，跩什麼……」爸爸碎碎唸道，回房間整理東西去了。

其實，小音並不覺得生活有多少改變。她每天依舊覺得時間不夠用，八九點過後壓力最大，深怕功課像以前一樣寫不完，不過，一天天進步的效率，也讓小音自己安心了些。

「考過一次進步後，就會更怕自己退步……為了不要下次段考被打回原型，我要更認真才行……」小音咬牙，其實只是一股不服輸的拼勁，就能讓原本漫長的讀書時間變得短暫。一個鐘頭一個鐘頭地晃過去，書頁也一張張地翻，雖然念書仍是辛苦，小音心底卻多了份成就感。

畢竟，終於知道該如何進步的她，又怎麼能停在這裡呢？同樣地，在劍道的領域，小音也不斷精益求精。穿著深藍色道服的她，在道館中已經成為不容忽視的身影。每一梯次的新手進來學習時，教練都會要小音撥個幾分鐘作示範，而小音為了完整演繹正確的動作，也會留下來加強自己。

這天，邱教練向一群高中生介紹小音。「這是我們道館中很厲害的學姐，雖然才國二而已，但她已經是你們的學姐了。女生要特地看她既確實又迅速的動作。但我不要大家求快，快是要等到你們肌耐力大了、動作熟了才能展現的。在這個階段，先求正確就好。來，小音、家豪。你們一攻一守，示範退擊面和切返。」

先是四支倒退時同步擊打面部的動作，接著是一連串的前後攻擊組合，木板地

被小音踏得砰砰作響，竹劍擊向護具鐵面的聲響，讓現場瞬間氣勢高漲。

小音俐落的攻勢與高昂的叫喊聲，精準迅速的步伐配上節奏感強烈的劍影，讓新生們都不禁忘了呼吸。一旁教導高階班的七段範士日籍老師加藤，看到小音的衝勁，笑著讚許道：「步距又寬又遠，速度很快，真是停不下來啊！」

教練聽到自己的學生被加藤稱讚，也露出榮幸的笑容。家豪也替小音開心，他懂一點日文，知道「停不下來」的日語也有「難以阻擋」的含意在。

小音每次衝擊往前攻時，總會將劍道最重要的技巧——「殘心」作足，一連串的擊打、迴旋與眼神刺向敵手時的氣勢，反映出她心底確切的攻擊意識。而這就是「殘心」的意義，是新手往往難以領略的重要賽場技巧。

「看妳殺氣騰騰的，加藤教練說妳真是停不下來。」卸下面具休息時，家豪對小音說。小音經常因為過度專心，並不會特別留意場邊的人說了些什麼。

「糟糕，他真的說我『停不下來』？我是不是做錯什麼了？」小音與方才英氣逼人的模樣判若兩人，雖然她已經小有成就，卻始終沒什麼自信，讓家豪看了有些心疼。

「不是，沒有說妳做錯，是說妳很有衝勁的意思，加藤教練和邱教練剛剛都是笑著這麼說的。日文的『停不下來』有『無法阻擋』的意思，說妳氣勢如虹。」家豪解釋完，小音露出純真的放心笑容。

「哎唷……我沒有這麼厲害啦！是大家人太好了……」

聽著這樣的形容，小音很感慨。以前，爸媽也常常嫌她停不下來，但那多半是貶意，覺得她不專心、到處亂看、走動，根本沒辦法好好坐在書桌前。

但現在不一樣了。小音只想好好把握每一刻，無論是書桌前，還是劍道場上。

※※

而在這個陽光燦爛的週末，小音與家豪也帶著道服與劍，緊張兮兮地到體育館參加「初段」的劍道考試。考試內容包含第一階段的筆試，與第二階段的基本劍技組合，最後還要褪下護具，考驗最難的「劍形」三招。劍形，是小音與家豪去年就努力演練背誦的科目，兩人這次也將一起搭檔考試。尚未換裝前，邱教練忽然從車上搬出一套嶄新的女用護具，尺寸完全符合小音的尺寸，讓她看了心癢癢的。

「來，小音，這是有人捐給道館的新護具，妳來替它開箱吧！我想妳這麼優秀，很適合當第一個穿的人！」邱教練豪氣又熱情的語氣，不容小音拒絕。

「天啊！真的嗎……怎麼這麼好！」小音不敢相信，聞著新護具的淡淡皮革氣味，輕盈合身的剪裁設計，讓她一戴上就驚呼連連。

「哇！這下小音的護具終於比我還新了！真是好兆頭！」家豪知道小音今天特別緊張，特地開了幾句玩笑，降低她的不安。雖小音緊張得一整晚都沒睡，穿上道館的新護具，讓自己感覺倍受呵護。這場初段考試中，各個知名教練都帶著自己的子弟兵前來應試。教練們擁有鷹般眼力，各個學員的姿勢與劍法，他們僅看一眼就能分出優劣。小音只希望，自己不要給邱教練丟臉。

「小音，熱身要認真做，等等上場穿護具練習一下，考劍形時就不會緊張了。」邱教練也察覺小音因為沒自信，所以壓力重重的身影，特地柔聲叮嚀道。

而事情也真如教練說的一樣，當小音戴上面具，全副武裝上場，與劍友們輪番交流一整輪下來，只覺得氣喘如牛，汗水也隨著壓力一起釋放，渾身是勁，也無暇多想了。

15 意外的贈禮

大學醫院的高級會議室中，厚重的大桌子紛紛被移開，只留下面對面排成圓弧狀的鵝黃色椅子。這是為了讓每個人更方便視線相會，展開意見交流，而採取的美式團體諮商設計。其實諮商並非是多嚴肅的內容，只是請各家長針對每次聚會的主題發表感想、談談自家教養的狀況，再由專家講評罷了。

小音爸爸第一次到這種場合，一開始緊繃到不行。但隨著幾輪的家長談話，爸爸漸漸明白聚會的優點，也慢慢展現自己的誠意，融入團體。

「上次聽了黃老師的意見之後，我連續一週都沒有對孩子說任何批評和負面的話語，每次一生氣想講時，我就會用力地握住自己的拳頭……雖然聽起來很幼稚，但真的有用。我孩子昨天竟然主動跟我分享學校裡發生的事，我感動得很想哭，但為了不讓她發現，我只好裝作若無其事的樣子。」一位忠厚老實的爸爸分享著與自家女兒的互動，幽默的語氣讓眾人都笑了。

梳著馬尾、充滿氣質的親子教養專家黃老師，則笑著回問那位爸爸。

「那您的『若無其事』，是面無表情，還是怎麼樣的呢？」

「哦！我是一面笑著聽我女兒講學校裡的事情，但其實內心狂喜又想哭啊！」

眾人哈哈大笑。

「說真的，看到我女兒願意信任我，主動跟我分享……這根本是去年剛失業、愛亂發脾氣的我難以想像的光景……我知道孩子有錯，但她們的錯，往往也是我們縱容、壓迫出來的。原本覺得女兒跟我頂嘴很煩，但想想，我就是用這種方式跟她媽媽說話的，又怎麼能怪女兒呢？只能以身作則，慢慢改了……」

「真的很棒。」一旁的幾位媽媽，也給予這位父親言語上的回饋。

小音爸爸也想開口贊同，卻自慚形穢，一時語塞。

「我當然知道我自己不完美……但，我也在努力了啊！」爸爸掙扎地移開視線，將眾人的歡笑聲隔絕在腦後。

「只是，我還是比不上人家……原來，其他家長都為了自己的孩子這麼努力啊……」爸爸腦中浮現出小音被責罵時，既自卑又生氣的神情，他也心痛了起來。

家長們輪流自由發表意見，這次輪到文文媽。因為是熟人，小音爸也特別認真聽她的談話。

「要我不對女兒說出一句批評的話，真的很難。因為她幾乎沒有一樣達到我的

要求。她雖然是過動兒中比較文靜的一個，卻非常自卑，自卑到連說話都不看著我……也許是我的嘴臉讓她看了就不舒服吧！這兩年來，她沒有一次願意和我同桌吃飯，除非是去外頭吃外食，但她也會盡量選擇靠窗，或者能看見窗戶的位置。」

家長們有人露出感同深受的表情，有些則心疼地搖了搖頭。

「後來，當我練習了上個月的作業：『不說一句批評的話』之後，我發現，我除了批評女兒的表現之外，還很常在她面前批評其他家長，與他們的孩子……我自己也不知道怎麼會這樣，但我真的看到別人比我女兒好，我就會嫉妒，不開心……連帶地，我的女兒也吸收了我的這些負面情緒，最後，她只好選擇不看不聽，以免我釋放出更多毒素給她……這次的作業，讓我感覺到自己真的很失敗……」文文媽說著、說著，已泣不成聲。

「這樣是很好的進步……」黃老師拍了拍文文媽的肩。「或許過程會覺得很不舒服，但那是因為，我們意識到自己有改正的空間。」

小音爸也深有同感地點點頭。

「其實，我也很愛批評我女兒。由其是在言談間，我為了證明她是錯的，總喜歡酸她、激她，順便發洩自己在職場上的不如意。以前我不念書時，我爸這樣說總會讓我很生氣，更想表現自己。但我發現……這樣的方式對我女兒只是反效果。她已經承受了自己課業上的不順遂，還得概括承受我的不順遂。說來慚愧，你們很多人應該都認識我太太，但我是代替她第一次來參加這個諮商，覺得收穫很多……聽到大家的故事，我發現我不足的地方真的太多了，我也是個很失敗的爸爸……總覺得自己上班已經很辛苦了，孩子上學念書是本分，孰不知，我上班得不到回饋，就跟他們念書得不到回餽，是一樣的辛苦啊！」小音爸這才驚訝地發現，自己臉上也已滿是淚水。

他尷尬地接過其他家長遞來的面紙。「真糟糕……本來不覺得自己會哭的。這個團體諮商太可怕了。」小音爸爸自嘲道，凝重的氣氛也轉為笑語陣陣。

「是呀！團體諮商是透過他人的角度來審視自己與孩子的生活，自然會覺得好像被撥開了外殼，因為覺得自己有所欠缺，才感到恐怖。但這也表示，小音爸你一直在進步，而且願意進步。」黃老師鼓勵道。

稍後，她發下一張講義。

「其實，我所使用的方式是『行為治療』，用正向的事物去增進孩子的信心，讓他們有機會覺得自己做對了就有獎賞，如成就感、讚美、陪伴、獎品等等，都是很好的方式。我們放大他們的長處，並給予言語、時間與物質上的獎勵，而其實心理獎勵，又比物質獎勵來得更持久，東西用久都會舊、會壞，但爸媽的好，孩子們可能會記得一輩子。」

許多家長紛紛記下筆記，小音爸爸狼狽地摸找著筆時，文文媽淺笑著遞了支筆給他。

「此外。」黃老師繼續用輕盈的聲音說著：「還有『認知行為治療』，這也就是我們俗稱的『開竅』、『想通』，孩子可以體會到念書的『過程』很重要，而非只看成績論成敗。當孩子發現早點做完功課，就能有更多時間做自己的事，效率也會變好；或者好好講出內心的話，會比說氣話傷害父母更有溝通效果。我們要引導他們去透過『認知』來改變自己的行為，這就是下個月的功課。」

抄寫完筆記，又進行了幾次問與答之後，家長們結束了團體治療。

「又說又哭、又上課的，真是比跑馬拉松還累。我都忘記要怎麼當學生了……

我三個孩子們每天在學校受教育，還真辛苦。」小音爸爸主動向文文媽搭話。

「唉！是呀！我們都彼此加油吧！慢慢來，總比五年十年後才發現自己做錯的好。」文文媽真誠地苦笑。

「哦！對了，我老婆有東西要拿給妳。」小音爸從袋子中掏出一疊用淺藍色格紋紙包裝的禮品。

「哇！真漂亮……」文文媽打開後輕聲讚嘆著。

裡頭是六個鄉村風杯墊。顏色有淺藍、粉紫與翠綠，作工精緻，縫線在杯墊中心交叉，採用吸水又防燙的厚軟布料。

「我老婆說，妳們家很喜歡辦茶會，希望以後還有機會一起喝茶聊天。」小音爸如實轉述雪莉的話。

文文媽聽了，面有愧色地點點頭，眼中寫滿著感激。「以前就聽說雪莉的手很巧，沒想到還花這麼多時間作禮物給我……又這麼實用，太感謝了。」

「是啊！我老婆最近真的花很多時間做她自己喜歡的事情。」小音爸說完，露出與有榮焉的神情，心情一陣釋然。

為了讓雪莉有更多機會重拾快樂，他也該主動分擔家務、陪伴孩子們才行。

「或許正是因為自己把人生中搞得只剩工作，我才會這麼容易不快樂……」小音爸想著、想著，帶著踏實的神情與文文媽話別。

※※

「不知道老公順利完成任務沒有……希望別鬧什麼笑話。」雪莉望著手機時鐘，匆匆趕到道館為小音加油的她，正在場邊看著女兒與家豪準備卸下護具。

「麻煩家長不要越過這條線喔！請留給考生充足的空間，謝謝。」工作人員溫聲勸導著。

家豪媽主動拉著雪莉說：「妳看，孩子們現在滿面紅光，比較沒那麼緊張了欸！」

「是啊……但這考試的安排好刻意呀！先讓他們上場熱戰，接下來卻要考最難專心的劍形。這是需要靜下心來，一氣呵成的招式。」

雖然已經在家裡看小音練過好幾次，甚至把小音叫來客廳，讓她在電視機、收音機與廚房料理機同時運作的狀況下演練，培養小音的專注度。

但雪莉還是很擔心女兒如果一個分神，忘記動作，或是慢半拍了，該怎麼辦。畢竟劍形考試的一舉一動都逃不過考官們的法眼，有任何動作不確實，都會影響最終判斷。

「唉！妳別說了！」家豪媽苦笑道：「我們家豪也是過動兒，這兩個過動兒還同一組呢！希望不要互相拖累呀！」

「說來說去，我們根本不像來加油的，只會窮緊張！」雪莉真心慶幸，孩子們聽不見她們的擔憂。

「叫到名字的出列！彭正傑、李文浩、張采音、林家豪。」考官大聲唱名，讓現場氣氛更為凝重。

小音與家豪換了木刀，抬頭挺胸地以一藍一黑的劍道服上場，背上還看得出方才廝殺留下的汗漬，呼吸也尚未調勻。

「劍形第一式，開始！」考官用日文喊出指令後，各組的選手立刻進行動作。霎時間，全場劍影四起，只要眼光稍有偏移，就會被別組的動作與節奏所影響。

小音只關注望著家豪的目光，雙方用演練多時的呼吸、劍勢、步伐彼此應合，小音緊繃得不敢去想其他事，感覺瞬間全世界都靜寂了下來。

一劍一刀、一招一式，踏踏實實地比劃，總算將考科的三項內容都完成了。考生們彼此敬禮，在考官的命令中退場。

「好棒！好穩！」雪莉與家豪媽替孩子們拍著手，被他們尷尬地阻止了。

「媽……別這樣，還有其他人要考啊！」家豪唸道，隨後才與小音交換了輕鬆的笑容。

試場上仍流動著緊繃的氣息，所有考生都完成動作後，應考者全員上場列隊。

「接下來宣布合格者！林一彬、龍萍心、張家豪、彭正傑、李文浩……」考官一臉嚴肅地唱著名，卻跳過了小音的名字。

一瞬間，小音的胃部彷彿受到了重擊，六神無主。

「明明我的編號比家豪前面一號，怎麼被跳過了呢？」小音慌了，望向場邊的邱教練，教練倒是氣定神閒，看不出異狀。

「慘了，會不會給教練丟臉了……一定是太緊張，哪裡做錯了吧？」小音繼續豎起耳朵聽著唱名，名單落落長，卻沒有唸到自己。她雖表面上跟其他選手一樣站得直挺挺，心頭卻在淌血，真想挖個洞鑽下去。

考官的宣布來到了尾聲，語氣也越來越嚴厲。

「盧詩詩、陳美琦、梁一翔、張采音。以上名單，為初段合格者。其中有幾位學員表現並不理想，這次是破例給你們通過的，千萬謹記，在劍道路上要持續自我鞭策，不要讓你們的老師蒙羞了！」

不知道是不是小音的錯覺，說到「破例」和「蒙羞」一詞時，主考官幾乎是瞪著小音的眼眸說的，讓她差點哭了出來。

好不容易撐到解散之後，小音一下場就抱住家豪，互相恭喜。

「恭喜你！家豪！」

「太好了，小音，我們都是初段了！」家豪燦爛笑著，勾住小音的肩膀。

「唉！你沒有聽到考官說『破例』嗎？我覺得考官根本恨死我了！」

「什麼！」家豪一頭霧水。「怎麼會！是妳太沒自信了！我們剛剛不是沒有出錯嗎？」

「真的沒有出錯嗎？」小音仍一副快噴淚的慌亂模樣。就連邱教練一臉溫暖地

笑著恭喜她，她還是無法釋懷。

「教練！是不是我實力太差了，怎麼名字被跳過，最後才念！」

「那個啊……只是故意營造緊張氣氛而已啊！」邱教練倒是一臉爽朗，根本不把小音的疑慮當回事，她這才鬆了口氣，一陣淚意湧上心頭。

「唉呀！別這樣嘛！現在哭還太早了！」邱教練指著小音放在一旁的新護具。「終於能告訴妳了，其實這護具是妳爸爸花錢託道館購買，特別交代要讓妳在今天穿的。」

「什麼……我爸爸？」小音完全無法把爸爸嚴肅刻薄的神情，與眼前這套朝思暮想的護具連結在一起。「媽，妳知道這件事嗎？」

「不曉得呀！」雪莉也驚訝地搖頭。「不過，爸爸一週前倒是有問我道館的聯絡資訊，我只叫他要專心參加團體諮商，不用想著過來這裡。」

「看來小音的爸爸還是很愛妳的啊！」家豪替小音由衷開心，

小音不敢置信地搖搖頭。經過了這麼多事，她已經對爸爸失去了信心，不會輕易地斷言爸爸是否真的愛她。

不過，爸爸是在乎她的，這點小音很確定。她珍惜地擦拭著護具，憐愛地整理著繩索與手套、面具，將它們一一放回護具袋中。

「唉呀！妳們要走了？都結束了嗎？」門口傳來一個氣喘吁吁的熟悉聲音。

一抬頭，小音瞥見爸爸正與邱教練寒暄的身影。

「爸！」她害羞地舉起手朝爸爸打著招呼，爸爸則帶著她很久沒見到的純真微笑奔馳而來。

「哇！原來護具長這樣啊！可惜沒看到妳穿上的樣子！」爸爸搔著頭，他基於信任，就請道館的教練代訂了合作廠商的初階護具，自己倒是只在網路上看過型錄上的護具圖樣而已。

「真的很謝謝爸爸，你怎麼知道我很需要護具呢？」

「唉！別這麼正經八百地道謝，真的很見外欸！」爸爸望向雪莉。「當然是妳媽媽一直提、一直提，我不記得都難喔！」

「我哪有這麼愛碎碎唸啊！」雪莉抗議道：「你一副沒仔細聽的模樣，怎麼能怪我多講幾次呢！」

「可惜哥哥姐姐在學校有事，沒辦法來。」小音很感動，爸媽為了她的事情特地出席，以往並沒有這樣的機會。畢竟她努力的場域以前只侷限在學校中，週末也只能補習、念書。

「沒關係啊！這只是升段考試。」邱教練愉快地掀起嘴角微笑：「以後小音還有很多比賽要參加，到時候再來加油也不遲喔！」

「來，既然都來了，一起拍照吧！教練也來呀！」家豪媽拿出相機，請一旁的工作人員幫忙拍照，一群人全都擠進鏡頭裡。

「西瓜甜不甜？」邱教練俏皮地率先問道。

「甜！」眾人露齒微笑，小音感受到爸爸溫暖的手搭在自己肩上，耳邊也接觸到媽媽微笑時的陽光氣息，覺得此刻自己真是全世界最幸福的孩子。

不，往後，她不只要當個快樂的孩子，還要做一個停不下來的戰士。劍及履及，努力不懈。

培育文化

勵志學堂 55

停不下來的戰士

作　者　夏　嵐
責任編輯　王惠蘭
美術編輯　蕭佩玲
封面設計　蕭佩玲

出版者　培育文化事業有限公司
信箱　yungjiuh@ms.45.hinet.net
地址　新北市汐止區大同路三段一九四號九樓之一
電話　（02）8647-3663
傳真　（02）8674-3660
劃撥帳號　18669219
CVS代理　美璟文化有限公司
TEL／(02)27239968
FAX／(02)27239668

總經銷：永續圖書有限公司
永續圖書線上購物網
www.foreverbooks.com.tw

法律顧問　方圓法律事務所　涂成樞律師
出版日期　2015年8月

國家圖書館出版品預行編目資料

停不下來的戰士/夏嵐著. -- 初版.
-- 新北市 : 培育文化, 民104.08
面 ;　公分. -- (勵志學堂 ; 55)
ISBN 978-986-5862-62-6(平裝)
859.6　　104010285

※為保障您的權益，每一項資料請務必確實填寫，謝謝！

姓名		性別	□男　□女
生日	年　月　日	年齡	
住宅地址	郵遞區號□□□		
行動電話		E-mail	

學歷

□國小　□國中　□高中、高職　□專科、大學以上　□其他＿＿＿＿

職業

□學生　□軍　□公　□教　□工　□商　□金融業

□資訊業　□服務業　□傳播業　□出版業　□自由業　□其他＿＿＿＿

謝謝您購買＿停不下來的戰士＿與我們一起分享讀完本書後的心得。務必留下您的基本資料及電子信箱，使用我們準備的免郵回函寄回，我們每月將抽出一百名回函讀者，寄出精美禮物以及享有生日當月購書優惠！想知道更多更即時的消息，歡迎加入“永續圖書粉絲團”

您也可以使用以下傳真電話或是掃描圖檔寄回本公司電子信箱，謝謝！

傳真電話：（02）8647-3660　　電子信箱：yungjiuh@ms45.hinet.net

●請針對下列各項目為本書打分數，由高至低5～1分。

	5 4 3 2 1		5 4 3 2 1
1. 內容題材	□□□□□	2. 編排設計	□□□□□
3. 封面設計	□□□□□	4. 文字品質	□□□□□
5. 圖片品質	□□□□□	6. 裝訂印刷	□□□□□

●您購買此書的地點及店名＿＿＿＿＿＿＿＿

●您為何會購買本書？

□被文案吸引　□喜歡封面設計　□親友推薦　□喜歡作者

□網站介紹　□其他＿＿＿＿＿＿＿＿

●您認為什麼因素會影響您購買書籍的慾望？

□價格，並且合理定價是＿＿＿＿＿＿　□內容文字有足夠吸引力

□作者的知名度　□是否為暢銷書籍　□封面設計、插、漫畫

●請寫下您對編輯部的期望及建議：

★請沿此線剪下傳真、掃描或寄回，謝謝您寶貴的建議！

221-03
新北市汐止區大同路三段194號9樓之1
FAX：（02）8647-3660
E-mail：yungjiuh@ms45.hinet.net

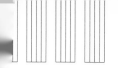

培育
文化事業有限公司

讀者專用回函

停不下來的戰士

培養文化育智心靈的好選擇